अर्थ की तलाश में आनंद

अशांति से मुक्ति
पाकर शांतिदाता बनने की कहानी

सरश्री

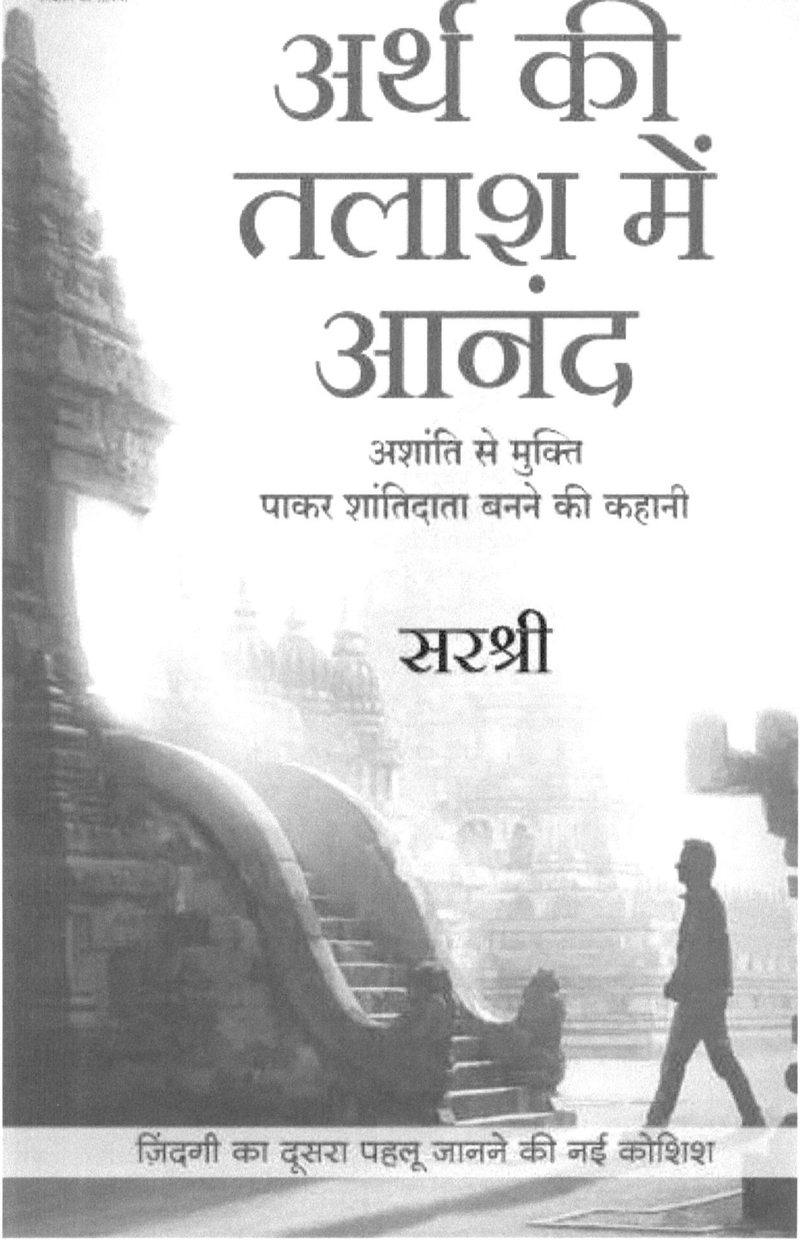

ज़िंदगी का दूसरा पहलू जानने की नई कोशिश

अर्थ की तलाश में आनंद
अशांति से मुक्ति पाकर
शांतिदाता बनने की कहानी
BY SIRSHREE TEJPARKHI

प्रथम संस्करण : जनवरी 2020
कहानी प्रस्तुतिकरण : विश्वजीत सपन
प्रकाशक : वॉव पब्लिशिंग्ज् प्रा. लि., पुणे

ISBN : 978-81-944675-4-0

© Tejgyan Global Foundation
All Rights Reserved 2020.
Tejgyan Global Foundation is a charitable organization with its headquarters in Pune, India.

© सर्वाधिकार सुरक्षित

वॉव पब्लिशिंग्ज् प्रा. लि. द्वारा प्रकाशित यह पुस्तक इस शर्त पर विक्रय की जा रही है कि प्रकाशक की लिखित पूर्वानुमति के बिना इसे व्यावसायिक अथवा अन्य किसी भी रूप में उपयोग नहीं किया जा सकता। इसे पुनः प्रकाशित कर बेचा या किराए पर नहीं दिया जा सकता तथा जिल्दबंद या खुले किसी भी अन्य रूप में पाठकों के मध्य इसका परिचालन नहीं किया जा सकता। ये सभी शर्तें पुस्तक के खरीददार पर भी लागू होंगी। इस संदर्भ में सभी प्रकाशनाधिकार सुरक्षित हैं। इस पुस्तक का आंशिक रूप में पुनः प्रकाशन या पुनः प्रकाशनार्थ अपने रिकॉर्ड में सुरक्षित रखने, इसे पुनः प्रस्तुत करने की प्रति अपनाने, इसका अनूदित रूप तैयार करने अथवा इलेक्ट्रॉनिक, मैकेनिकल, फोटोकॉपी और रिकॉर्डिंग आदि किसी भी पद्धति से इसका उपयोग करने हेतु समस्त प्रकाशनाधिकार रखनेवाले अधिकारी तथा पुस्तक के प्रकाशक की पूर्वानुमति लेना अनिवार्य है।

✻ प्रस्तुत पुस्तक 'अवचेतन मन के पार आत्मबल' इस पुस्तक का कहानी स्वरूप है ✻

ARTH KI TALASH ME ANAND
ASHANTI SE MUKTI PAKAR SHANTIDATA BANNE KI KAHANI

सूरज ऊर्जा का स्रोत है। उसकी मात्र उपस्थिति, प्रकाश और ऊर्जा बिखेरती है। यह अलग बात है कि मानव एवं सूरज के बीच आया छोटा बादल प्रकाश को रोक सकता है। बचपन में मानव और सूरज (अनुभव) के बीच कुछ नहीं आता है। चारों ओर केवल आनंद होता है, किन्तु मानव की परवरिश के दौरान उसके भीतर बहुत सारी वृत्तियाँ, संस्कार (बादल) बन जाते हैं। वह उन्हीं बादलों के बीच अर्थ की तलाश करता है इस कहानी के नायक आनंद की तरह...

अध्याय एक
अशांति की साज़िश

'तुम समझते क्यों नहीं आनंद, जीवन इस प्रकार से नहीं चलता', मित्र विवेक ने जब यह कहा तो आनंद झल्लाकर बोला, 'बकवास मत करो। जीवन व्यवहार से चलता है, भावना और आदर्श से नहीं।'

'तुम अब भी गलत हो आनंद। समझने का प्रयास करो। इस तरह अपने भीतर की अच्छाई को मारकर जो तुम कई सालों से जी रहे हो, इससे तुम्हें क्या हासिल हो गया? ईश्वर ने मनुष्य जन्म दिया है उसका सार्थक उपयोग करो, वह बार-बार ऐसी कृपा नहीं करता', विवेक ने समझाने का फिर प्रयास किया, किन्तु कहानी के हीरो, आनंद पर इसका कोई प्रभाव न पड़ा।

✳ ✳ ✳

जीवन से हारकर, नवयुवक आनंद ने अच्छाई की राह छोड़ दी थी और बुरी संगत में इस तरह घिर गया कि उसका हमउम्र, सबसे अच्छा मित्र विवेक भी उसे बाहर नहीं निकाल पा रहा था। उनके बीच कुछ इस तरह वार्तालाप हुआ था।

'ये कोरी बातें हैं विवेक। ईश्वर जैसा कुछ नहीं होता। वह होता तो मेरे साथ इतना बुरा न होता?'

'ईश्वर किसी को रोकता नहीं है आनंद। वह केवल देखता है, समझता है और इंसान के कर्मों की अपने तरीके से गिनती करता है।'

'हुम्मम, तो फिर उसे गिनती करने दो। वह इस लायक नहीं कि उसके बारे में विचार किया जाए।'

'बचपन से तुम कभी नास्तिक नहीं थे, केवल चंद बुरे अनुभवों ने तुम्हें इतना क्यों बदल दिया?'

'आस्तिक, नास्तिक की बात नहीं है। जीवन को अपने हिसाब से जीने की

बात है। मैं जीवन को अपनी शर्तों पर जीना चाहता हूँ। इसमें बुराई क्या है?'

'बुराई है, यदि रास्ता अनुचित है। तुम्हें अपने जीवन के सच्चे अर्थ की तलाश करनी चाहिए।'

'उचित, अनुचित सब अपने-अपने विचार हैं। यह सापेक्ष है और मैं अपने कर्म को उचित मानता हूँ। और फिर उसमें बुराई भी क्या है? वे किसी और को लूटते हैं और मैं उनको...। मैंने उन्हें लूटा तो गलत, उन्होंने पूरे समाज को लूटा और धोखा दिया तो व्यवहार। यह किसका न्याय है?... कैसा न्याय है? तुम ही बताओ विवेक... मुझे अब किसी अर्थ की तलाश नहीं करनी है।'

आनंद बड़बड़ाता जा रहा था। गुस्से में उसके बोल उलझते जा रहे थे, जिसमें स्पष्टता की कमी होती जा रही थी। विवेक को लगा कि यह आनंद नहीं था। यह उसकी व्यथा और कुण्ठा बोल रही थी।

इंसान जब कुण्ठित हो जाता है तो पूरे समाज और संसार को गलत समझने लगता है। उसे अच्छाई केवल स्वयं में दिखाई पड़ती है। विवेक यह समझ रहा था, परंतु वह कुछ अधिक करने की स्थिति में नहीं था। वह आनंद को समझा सकता था लेकिन उसे समझने पर विवश नहीं कर सकता था।

उस दिन विवेक ने हार मान ली, लेकिन वह जानता था कि आनंद जिस राह पर चल पड़ा था, उसका अंत कभी भला नहीं हो सकता था। विवेक एक सच्चे मित्र की तरह आनंद को सही राह पर लाने का प्रयास करता रहा था और आगे भी करना चाहता था। हालाँकि उसे आज तक कुछ अधिक सफलता न मिली थी।

आनंद का जीवन सरल न रहा था। माता-पिता का प्यार उसने बचपन में ही खो दिया था, उस समय उसकी उम्र करीब ९ साल रही होगी। उस समय पहली बार वह यह सोचने पर मजबूर हो गया कि आखिर ईश्वर ने उसकी प्रार्थना क्यों नहीं सुनी?

फिर उसके चाचा उसे अपने साथ यह बोलकर ले गए कि उसका ध्यान रखेंगे। वहाँ पर उसकी मित्रता विवेक से हो गई। विवेक का घर उसके चाचा के घर के बगल में ही था। वे दोनों साथ ही स्कूल जाया करते थे। आनंद जब भी उदास होता तो वह विवेक से मिलने चला जाता।

विवेक के माता-पिता को आनंद पसंद न था। आनंद के चाचा के साथ भी

उनकी अनबन रहती थी। वे मानते थे कि आनंद मनहूस है और उसी के कारण उसके माता-पिता की मौत हुई है। पर विवेक और आनंद का मन मिल चुका था। वे एक-दूसरे के घनिष्ठ मित्र बन चुके थे। खिलौनों के साथ-साथ वे हर सुख-दुःख एक दूसरे के साथ बाँटना सीख रहे थे।

कुछ सालों तक आनंद को पालने के बाद, चाचा को वह बोझ लगने लगा। इसलिए उन्होंने आनंद को अनाथालय भेज दिया। उस वक्त आनंद करीब १३ साल का रहा होगा।

आनंद के जीवन में इस तरह के कई उतार-चढ़ाव आए परंतु एक चीज़ हमेशा उसके साथ रही- वह थी विवेक की मित्रता। आनंद और विवेक अकसर एक-दूसरे को खत लिखा करते थे। आनंद अपने जीवन की हर घटना विवेक को बताया करता था। बड़े होते-होते उनके हाथों में मोबाईल आ गए... खत कम होते गए और बातचीत बढ़ती गई।

* * *

सलाखों के पीछे बैठा आनंद, विचारों में मशगूल था। करने को कुछ न था इसलिए मन उसे तकलीफ दे रहा था।

आज फिर उसका मित्र विवेक, आँखों में आशा लिए, उससे मिलने आ पहुँचा था। आनंद की अवस्था को देखकर विवेक ने एक आखिरी बार कोशिश की, 'आनंद, एक बार मेरी बात पर गौर करो। तुम अपनी गलत आदतों के शिकार हो गए हो। एक बार तुम्हें एहसास हो जाए तो तुम भी एक आम नागरिक की तरह जीवन बिता सकते हो।'

आनंद सुनने के मूड में नहीं था, 'इस बारे में मुझे तुम्हारी कोई बात नहीं सुननी है।'

विवेक ने अपनी ओर से प्रयास करना नहीं छोड़ा, 'चलो कोई बात नहीं। तुम्हारा मूड हल्का करने के लिए मैं तुम्हें एक कहानी सुनाता हूँ। एक छोटी कहानी तो सुन ही सकते हो यार।'

अब आनंद के पास कोई चारा न था।

विवेक ने कहना प्रारंभ किया,

'एक पुरानी कथा है कि किसी गाँव में कुछ विकलांग लोग रहा करते थे। कोई लंगड़ा था तो कोई लूला, कोई गूँगा तो कोई बहरा। वे अपनी विकलांगता से बहुत परेशान थे। वे सोचते रहते थे कि कोई ऐसा चमत्कार हो

जाए कि उनकी विकलांगता समाप्त हो जाए।

एक दिन उन्हें पता चला कि उनके गाँव से कुछ ही दूरी की पहाड़ी पर एक मंदिर है, जिसके पुजारी एक सिद्ध पुरुष हैं। उन्हें लगा कि वे अवश्य उनकी समस्या का निदान कर देंगे। वे सभी उस पुजारी के पास गए और अपनी-अपनी समस्या बताई। पुजारी ने उनकी समस्याएँ ध्यान से सुनीं और समाधान कुछ इस प्रकार बताया।

'इस मंदिर से एक विशेष पानी से भरे मटके को लेकर आप सभी को अलग-अलग दिशाओं में अपनी यात्रा प्रारंभ करनी होगी और इस पानी से उस पेड़ को सींचना होगा, जो आपको यात्रा के अंत में दिखाई देगा। आपको उस पेड़ के नीचे कुछ दिनों तक रहना होगा और प्रतिदिन थोड़ा-थोड़ा पानी उस पेड़ को देना होगा। इस पानी की विशेषता के कारण कुछ ही दिनों में उस पेड़ पर एक फल निकल आएगा। उस फल को खाने से आपकी विकलांगता दूर हो जाएगी।'

पुजारी की बात सुनकर सभी विकलांग बहुत प्रसन्न हो गए। उन्हें लगा कि यह तो बहुत सुंदर एवं सरल उपाय है। अब उनकी विकलांगता अवश्य दूर हो जाएगी। तभी पुजारी ने फिर से कहते हुए एक शर्त बताई, 'ध्यान रहे कि मटका सदा आपके साथ रहे, उसका पानी शुद्ध रहे और रात के अलावा उसे कभी धरती पर न रखा जाए।'

उन विकलांगों को महसूस हुआ कि यह तो बहुत ही आसान कार्य है, जिसे हम बिना किसी परेशानी के आसानी से पूरा कर सकते हैं। ऐसा सोचकर वे सभी अपनी-अपनी यात्रा पर निकल पड़े, किन्तु यात्रा में उनके साथ अलग-अलग प्रकार की घटनाएँ घटने लगीं। तभी अचानक एक विकलांग का किसी से झगड़ा हो गया। इसके कारण उसके मटके का पानी बहुत ज्यादा हिल गया। पानी विशेष था, तो उसका हिलना भी असाधारण परिणाम लाया। उसके शांत होते ही, मटके में एक तैरती मछली दिखाई दी। उस इंसान को भूख लगी ही थी, तो उसने वह मछली निकालकर खा ली।

दूसरे विकलांग इंसान को पानी में सिंघाड़ा (पानी का एक प्रकार का फल) दिखाई दिया। उसने उसे निकालकर खा लिया। इसी प्रकार सभी के साथ अलग-अलग घटनाएँ घटीं। पानी ज्यादा हिला या फिर उसमें कंपन हुई, तो विशेष प्रकार का पानी होने के कारण वह कुछ न कुछ असाधारण परिणाम लाता गया। मटके में जो भी उभरकर आता, वे उसका उपभोग करते चले गए। केवल एक ऐसा विकलांग इंसान था, जिसने सभी उभरी हुई वस्तुओं

को निकालकर बाहर फेंक दिया और किसी भी वस्तु का उपभोग नहीं किया।

इस प्रकार सभी ने अपनी यात्रा पूर्ण की और उस पेड़ के पास पहुँच गए, जिसे सींचना था। पुजारी के कहे अनुसार सभी ने उस पेड़ को पानी दिया और कुछ ही दिनों के बाद सभी को एक-एक फल मिला, लेकिन केवल एक इंसान को वह फल मिला, जिसमें लिखा था - सफल फल। केवल उसी की विकलांगता दूर हो पाई। जानते हो क्यों?' **विवेक ने प्रश्न रखा।**

आनंद को कहानी मनोरंजक लगी, तो उसने तुरंत पूछ लिया, 'क्यों?'

'क्योंकि इंसान के अंदर की वृत्तियाँ उसे गलत संस्कार देकर विकलांग बना देती हैं। सच बात तो यही है कि इस संसार में हम सभी एक मटका यानी शरीर को लेकर चल रहे हैं। उस मटके में किसी कारण से हलचल होती है और उससे कई प्रकार की वृत्तियाँ उभरकर बाहर आती हैं। हमें चाहिए कि हम उन उभरनेवाली अशुद्धियों को निकालकर बाहर फेंक दें, न कि उनके दास बन जाएँ। तुमने हलचल को अवसर माना, लेकिन उसमें उभरनेवाली अशुद्धियों को बाहर नहीं निकाला बल्कि उनका उपभोग कर लिया। तब विकलांगता कैसे जाएगी? उसी विकलांगता के कारण तुम आज यह समझते हो कि दुनिया ही गलत है। यहाँ केवल गलत तरीके से ही जीवनयापन किया जा सकता है। तुम्हें इन वृत्तियों को छोड़ना होगा। उनसे दूरी बनानी होगी। तुम्हें सफल फल प्राप्त करना है। सोचो आनंद, सोचो, क्या तुम सही कर रहे हो?'

आनंद कुछ समय के लिए सोच में डूब गया। उसका चंचल मन उन यादों की ज़ंजीरों में जकड़ता चला गया, जब वह विकारों और वृत्तियों की चपेट में आने लगा था।

* * *

आनंद जब अनाथालय में आया था तब उसने देखा कि वहाँ बच्चों के समूह बने हुए थे। आनंद को भी किसी एक समूह का हिस्सा बनना था। महज़ १३ साल की उम्र में उसके लिए यह आसान नहीं था क्योंकि सभी समूह नए विद्यार्थी को अपनी ओर मिलाने की पुरजोर कोशिश करते थे। बहुत कश्मकश के बाद वह उस समूह में शामिल हो गया- जिनमें राका, बिल्लू, सोनू आदि कई बिगड़ैल विद्यार्थी थे। यहीं से उसके पतन की कहानी शुरू हुई थी।

आनंद को याद आई वह रात, जब वह राका के साथ चुपके से अनाथालय

से बाहर निकला था। आधी रात का समय था, सभी गहरी नींद में सो रहे थे। गेट पर चौकीदार भी खर्राटे ले रहा था।

'यही अच्छा मौका है', राका ने कहा।

'पर हम जा कहाँ रहे हैं राका?' आनंद ने पूछा।

'अरे तुम डरो मत। मैं पहले भी बहुत बार रात को यहाँ से बाहर निकला हूँ। तुम बस मेरे पीछे-पीछे चलते रहो।'

राका ने आनंद का हाथ कसकर पकड़ा और उसे गेट पर चढ़ने का इशारा किया। दोनों ने गेट पर चढ़कर उसे पार किया और अनाथालय से बाहर आ गए। उस रात दोनों ने खूब मस्ती की।

'मुझे बंधन में रहना पसंद ही नहीं आनंद। मैं आज़ाद पंछी की तरह जीना चाहता हूँ। किसी भी तरह की रुकावट मुझे पसंद नहीं।'

'सच में राका! मुझे डर लग रहा था पर अब बाहर निकलकर मज़ा आ रहा है। लगता है कि मैं आज़ाद हूँ।'

उस रात वे शहर के कई इलाकों में बिना रोक-टोक घूम आए थे। शहर के उस माहौल से वे अपरिचित थे, जिसमें गंदगी और सड़ी-गली मानसिकता का परिचय हर क्षण होता है। अमानवीय कृत्यों से मानवता को शर्मसार किया जाता है। उसके बाद वे अकसर इसी तरह से चोरी-छुपे बाहर घूमने जाने लगे। उनकी हिम्मत बढ़ती गई और वे बेलगाम घोड़ों की तरह हो गए। अब उन्हें ये मस्ती अच्छी लगने लगी। उनकी मस्ती बढ़ते-बढ़ते कब गुनाह में तबदील होती गई, इसका एहसास तक उन्हें नहीं हुआ।

अनाथालय में खाने-पीने और रहन-सहन पर ढेर सारी पाबंदी थी। झूठी आज़ादी पाने का जुनून उनके सिर चढ़ा हुआ था और इसी के चलते वे एक दिन अपना आपा खो बैठे। मौका मिलते ही वे फिर अनाथालय से भाग निकले। भूख लगने पर उन्होंने कई दुकानों को टटोला पर उन्हें चोरी का कोई मौका नहीं मिला। भूख और बेचैनी के चलते उन्होंने दुकान के मालिक की नज़र के सामने ही चोरी की और भागने लगे। यही वह पहली गलती थी, जिसने उन्हें पहली बार जेल की हवा खिलाई। पर उसके बाद उनकी हिम्मत और बढ़ गई और वे गलत रास्ते पर निकल पड़े। तब से अब तक आनंद ने वे सारे काम किए, जो गलत संगत में पड़नेवाले लोग करते हैं।

अनाथालय के अधिकारियों ने किसी तरह दोनों को जेल से बाहर निकाला। उन्होंने अपनी कमर कस ली थी। किसी तरह वे आनंद को पढ़ा-लिखाकर काबिल बनाना चाहते थे। उन्हें आनंद को सुधारने का यही मार्ग नज़र आ रहा था। अनाथालयवालों की ज़िद के चलते आनंद ने भी पढ़ाई जारी रखी। फिर एक दिन आनंद को कॉलेज में भी दाखिला मिल गया। वह अपने स्वभाव के अनुसार ही उस समूह में शामिल हो गया, जो नेतागिरी में विश्वास रखते थे। कॉलेज के चुनाव में ऐसे दबंग छात्रों की आवश्यकता होती ही है। आनंद अपनी इस खूबी के कारण चुनावी दाँवपेंच में अव्वल रहा, लेकिन इसके कारण पढ़ाई से दूरी स्वाभाविक थी। वह अच्छे नंबरों से पास न हो पाया। इसी कारण उसे नौकरी नहीं मिल पाई।

नौकरी न मिलने के कारण वह परेशान रहने लगा। कभी-कभार उसके चाचाजी उसे पैसे भेज दिया करते परंतु वे उसे पूरे नहीं पड़ते। कई बार उसने विवेक से भी पैसे उधार लेने की सोची पर वह जानता था कि विवेक अभी तक पढ़ाई कर रहा है। विवेक के माता-पिता को पता चला तो वे हमारी दोस्ती तुड़वा देंगे।

पैसों की कमी को कैसे पूरा किया जाए, यह उसे समझ नहीं आ रहा था। उसका मार्गदर्शन करनेवाला भी कोई न था। ऐसे में वह गलत लोगों की संगत में पड़ गया था और धीरे-धीरे अपने भीतर की अच्छाई को भूलता चला गया। उसे लगने लगा था कि समाज उसके लिए नहीं बना। उसके अंदर यह भावना घर कर गई थी।

यह बात उसने कई बार विवेक को बताई थी। विवेक के लिए उसे समझना दिन-ब-दिन कठिन होता जा रहा था। बहुत सोच-विचार कर विवेक ने उससे बात करनी कम कर दी। वह समझ चुका था कि आनंद उसकी बात पर अमल नहीं करेगा। उसकी बातें उसे उपदेश लगेंगी। वह यह भी जानता था कि आनंद को अपने कर्म का फल भोगना ही होगा। शायद तब उसे समझ आएगी कि उसका मित्र उसे क्यों रोक रहा था।

उसने आनंद को नहीं रोका और आनंद गंगा गिरोह में शामिल हो गया।

मानव हमेशा भूत और भविष्य में भागता रहता है, वर्तमान में नहीं रह पाता है। असल में मानव को वर्तमान में नहीं, बल्कि भविष्य के बारे में सोचने का प्रशिक्षण मिला है। उसे बताया गया है कि आनंद केवल भविष्य में ही है। जैसे, परीक्षा समाप्त हो जाएगी तब मौज़ होगी, दिवाली आएगी तब खूब मस्ती करेंगे, जन्मदिन आने पर उपहार मिलेगा, शादी होगी तब जीवन में खुशियाँ आएँगी, बंगला बनेगा तब जीवन सँवर जाएगा।

अध्याय दो

आनंद गंगा गिरोह का एक ऐसा आवश्यक अंग था, जिसके बिना गिरोह असुरक्षित महसूस करता था। आधी रात में, हल्की सी आवाज़ भी खतरे की घंटी होती है। उन्हें तो पूरा का पूरा ग्रिल ही निकालना होता था। काम सफाई से न हो तो मेहनत भी बेकार और पकड़े जाने का खतरा भी रहता था। ग्रिल को इस प्रकार निकालना कि हल्की ध्वनि भी न हो, यह एक कला है, जिसमें आनंद माहिर हो चुका था। गंगा गिरोह में उसका योगदान बहुत प्रभावशाली था। बाबू खान उसे अपना दाहिना हाथ मानता था। अब आनंद को पैसों की कमी नहीं थी। लेकिन उसके बाद भी उसे संतुष्टि नहीं थी।

एक दिन उसने बाबू खान से कहा...

'बॉस, अब हमें कुछ नया करना चाहिए।'

'नया क्या कर सकते हैं, आनंद?'

'कुछ ऐसा जिससे हमें पैसे भी अधिक मिलें और हमारा दबदबा भी इस इलाके में बढ़ जाए।'

'बात तो तेरी सही है, लेकिन... इसमें जोखिम बहुत है।'

'जोखिम होगा, तभी तो ज्यादा पैसे मिलेंगे बॉस। थोड़ा जोखिम तो उठाना ही पड़ेगा।'

'तेरे दिमाग में चल क्या रहा है आनंद? अपनी लाईन में ऐसा कोई काम है क्या?'

'है न बॉस! फिरौती के लिए अपहरण। एक बड़ा हाथ लग गया तो समझो दो-चार साल के लिए कुछ भी करने की ज़रूरत ही नहीं।'

आनंद की बात सुनकर बाबू खान विचारों में खो गए।

रोज़-रोज़ की चिकचिक और पुलिस की परेशानी तो थी ही। इलाके में चोरी हुई नहीं कि पुलिसवाले उसके गैंग के पीछे हाथ धोकर पड़ जाते थे। पैसे तो ले ही जाते थे, ऊपर से मार-पिटाई होती, वह अलग।

यह सब सोचकर बाबू खान ने कहा, 'तुम्हारी बात में दम है आनंद लेकिन इस काम में हमारा अनुभव नहीं है। थोड़ी चूक हुई नहीं कि कई सालों के लिए अंदर हो सकते हैं। ऊपर से, पुलिस के अलावा जो गिरोह इस काम में लगे हैं, वे भी हमारे दुश्मन हो जाएँगे।'

'हाँ, यह बात तो है, लेकिन बॉस आगे के बारे में भी तो सोचना ही होगा।' आनंद ने तर्क देकर कहा।

'ठीक है, इस पर विचार कर लेते हैं', बाबू खान उठकर चला गया।

बहुत दिनों तक बाबू खान और आनंद के बीच में इस बात को लेकर बहस होती रही। गिरोह के सदस्यों के मत भिन्न-भिन्न थे इसलिए बहस का अंत एक और बहस को जन्म दे रहा था। जब सभी रास्ते बंद हो जाएँ और एकमत होने की आशंका धूमिल हो जाए तो एक ही उपाय बचता है। बलात् निर्णय को थोप देना। बाबू खान आनंद की बात से अधिक प्रभावित होता गया और फिर एक दिन उसने निर्णय दे दिया कि वे इस काम में हाथ आजमाएँगे। अनेक सदस्य इसके लिए अपनी मर्जी से तैयार न हुए तो उन्हें जबरदस्ती तैयार किया गया। एक गिरोह में यही जबरदस्ती फूट डालने का कार्य करती है और इस गिरोह में भी फूट पड़ गई। कुछ लोग गिरोह से अलग हो गए। यह गंगा गिरोह के लिए अच्छा संकेत न था।

गंगा गिरोह आनंद की उपस्थिति से शक्तिशाली हुआ और अपनी नई योजनाओं को फलीभूत करने लगा। अब पैसों की कमी न थी। अपहरण और उसके बाद पैसों की माँग। निर्बल और मृत्यु के भय से ग्रस्त इंसान पुलिस को बताने से कतराने लगे और इस गिरोह का धंधा चल पड़ा।

इस गिरोह से बाहर निकले सदस्यों को अब इनसे ईर्ष्या होने लगी। उधर जो गिरोह इस अपहरण की दुनिया के बेताज बादशाह थे, उन्हें इनका आना खटकने लगा। वे अब शतरंज की चालों की तरह शह और मात देने को उत्सुक हो गए। यहीं से एक विचित्र एवं कठिन स्थिति उत्पन्न होने लगी।

कुछ दिनों तक गंगा गिरोह का कार्य बिना खटके चलता रहा। लेकिन यह तय था कि एक म्यान में दो तलवारें नहीं रह सकतीं। एक दिन किसी दुश्मन ने उनके अड्डे पर हमला कर दिया। गंगा गिरोह के लोगों को बुरी तरह पीटा गया और आनंद पर तो गोली भी चलाई गई। आनंद की बाज़ू पर गोली लगी और वह बुरी तरह ज़ख्मी हुआ। पहली बार उसने मृत्यु को अपने सामने खड़ा देखा। वह सहम गया और कई दिनों तक अस्पताल में पड़ा रहा।

कुछ महीनों बाद आनंद ने उस हादसे को अपने ज़हन से निकाल दिया और फिर गंगा गिरोह में काम करने लगा। फिर एक बार उनकी किस्मत पलट गई। एक दिन किसी ने पुलिस को सूचना दे दी। गंगा गिरोह रंगे-हाथ पकड़ा गया। उन पर कार्यवाही चली और उनका गुनाह प्रमाणित भी हो गया। आनंद सहित सभी जेल भेज दिए गए। भविष्य की अधिक चिंता में उनका वर्तमान भी बिगड़ गया।

जेल का जीवन बहुत कठिन होता है। एक आम लुटेरे और हत्यारे में बहुत अंतर पाया जाता है। उनकी जीवन-शैली और आचार-व्यवहार में भी अत्याधिक अंतर देखा जा सकता है। केवल विवेक ही था, जो आनंद से मिलने आता था, जो उसे अभी भी कहता था कि जीवन के रंगों को पहचानो और सुख से जीने की तमन्ना करो। आनंद को विवेक की कुछ-कुछ बातें समझ आने लगी थीं। अकेलेपन में उसे सोचने का अवसर मिलने लगा था और वह विवेक की कही बातों पर विचार कर सकता था।

* * *

मानव एक बार मनन करने लगता है तो उसकी आँखों पर पड़े पर्दे हटने लगते हैं। इसके बाद भी किसी मार्गदर्शक और प्रेरक की आवश्यकता होती है। उसी जेल में कुछ अधिकारियों ने जेल के अभियुक्तों एवं अपराधियों को अच्छी शिक्षा देने का एक अभियान चलाया। इस अभियान में कई प्रकार के कार्यक्रम रखे गए। कुछ ऐसे कार्यक्रम थे, जिनमें अभियुक्तों एवं अपराधियों को सम्मिलित भी किया गया। कुछ सांस्कृतिक कार्यक्रमों के साथ-साथ ही प्रवचनों के आयोजन भी किए गए, जिनमें वे उन महाशय से अपनी शंका का समाधान भी पूछ सकते थे।

एक बार एक ज्ञानी संत ज्ञानेश देवजी को कार्यक्रम में बुलाया गया। ज्ञानेश देवजी आध्यात्मिक मार्गदर्शक थे, जो जेल के सभी अधिकारियों, कर्मचारियों, कैदियों को

आध्यात्मिक समझ व सही मार्ग पर चलने का प्रोत्साहन देने आए थे।

अपने उपदेश में ज्ञानेश देवजी ने कहा, 'आप सभी जानते हैं कि जीवन ईश्वर का दिया हुआ वरदान है। मानव-जीवन उनमें सर्वश्रेष्ठ है। यह किसी को अचानक ही नहीं मिलता बल्कि अनेक प्रकार के अच्छे कर्मों के परिणाम के रूप में प्राप्त होता है। इसे आप चाहें तो व्यर्थ गँवा सकते हैं और यदि चाहें तो इसे अर्थपूर्ण बनाकर स्वयं को जन्म-मरण के मायाजाल से हमेशा के लिए मुक्त कर सकते हैं। कभी कोई अज्ञानी यह कहता है कि जो भी बुरा कर्म मनुष्य करता है, वह ईश्वर ही करवाता है तो यह सोच अधूरी है। ईश्वर तो अनासक्त है। वह न कोई कर्म करता है, न करवाता है। कर्म में मनुष्य का अधिकार है, फल में नहीं और हम जो भी कर्म करते हैं, उसके परिणाम भी हमें ही भुगतने पड़ते हैं।'

आनंद को ज्ञानेश देवजी महाराज की बात खटक गई। उसने तुरंत पूछा, 'महोदय, आप कभी कहते हैं कि कण-कण में भगवान हैं। कभी कहते हैं कि भगवान अनासक्त है। यह कैसे संभव है?'

ज्ञानेश देवजी शांत रहे और बोले, 'पुत्र मैं तुम्हारा आशय समझ रहा हूँ, किन्तु बाकी सभी लोग नहीं समझ पाएँगे, अतः खुलकर कहो कि तुम क्या कहना चाहते हो।'

आनंद ने पुनः पूछा, 'महात्मा जी, यदि कण-कण में भगवान हैं तो मेरे अंदर भी भगवान हैं। मैं जो करता हूँ, तो मेरे अंदर का भगवान ही वह कर्म करता है। फिर तो दोष भगवान को ही जाना चाहिए न?'

वहाँ मौजूद सभी कैदी व अधिकारी आनंद की ओर देखने लगे। उन्हें एक अपराधी से ऐसे प्रश्न की बिलकुल भी आशा न थी। एक चोर और बदमाश इस प्रकार के तर्क को समझने की भी क्षमता नहीं रखता है। लेकिन आनंद कोई साधारण इंसान नहीं था उसके भीतर जिज्ञासु खोजी था, जो जीवन व ईश्वर को समझने व जानने का इच्छुक था। ज्ञानेश देवजी उसे देखते ही समझ चुके थे इसलिए उन्होंने उसे दोबारा प्रश्न पूछने को कहा। वे जानते थे कि यदि उन्होंने आनंद के प्रश्न का उत्तर यूँ ही दे दिया तो आनंद इस बात को समझ जाएगा, किन्तु बाकी लोग नहीं समझ पाएँगे कि प्रश्न क्या था और उसका वह उत्तर क्यों था।

ज्ञानेश देवजी ने ध्यान से आनंद की आँखों में झाँका और कहना प्रारंभ किया, 'पुत्र, तुम्हारी शंका निर्मूल नहीं है। जीवन को एवं ईश्वर को एक आम आदमी इसी प्रकार

देखता और समझता है। गीता में भगवान श्रीकृष्ण ने इसका भी उत्तर दिया है। तुम्हारा प्रश्न अर्जुन का भी प्रश्न था। मैं तुम्हें आज की भाषा में इसकी समझ प्रदान करूँगा।'

सभी लोग ज्ञानेश देवजी की ओर आकृष्ट हो गए। उनकी उत्सुकता बढ़ गई थी। आनंद के प्रश्न ने ज्ञानेश देवजी को एक सुंदर व्याख्यान देने का अवसर प्रदान कर दिया था। ज्ञानेश देवजी ऐसे ही अवसरों की प्रतीक्षा में रहते थे ताकि जीवन-सिद्धांत को सरलता से मानव-कल्याण के लिए वाचन कर सकें और लोगों को अधिकाधिक लाभ हो।

ज्ञानेश देवजी ने आनंद की ओर संकेत करते हुए अपना प्रवचन यथावत् कहते रहे, 'यदि तुमने दुनिया से काला रंग मिटा दिया तो क्या होगा आनंद?'

'मैं कुछ समझा नहीं?' आनंद ने पूछा।

'मान लो कि दुनिया के गलत काम काले रंग के समान हैं और तुमने इस काले रंग को दुनिया से मिटा दिया तो क्या होगा?' ज्ञानेश देवजी ने पूछा।

'तो सबके बालों का रंग उड़ जाएगा...' आनंद की बातों पर सभी हँस पड़े।

'और क्या-क्या होगा, थोड़ा गहराई से सोचो...' ज्ञानेश देवजी ने आनंद से कहा।

'रात नहीं होगी...'

'यदि रात नहीं हुई तो क्या तुम चाँद का दर्शन कर पाओगे?'

'नहीं, फिर तो चाँद दिखेगा ही नहीं', आनंद ने सहजता से जवाब दिया।

'ठीक इसी तरह, काले रंग के बोर्ड की आवश्यकता इसलिए है ताकि उस पर सफेद रंग की कलम से लिखा जाए और बच्चों को ज्ञान मिले।'

ज्ञानेश देवजी ने कहना जारी रखा...

'तो क्या तुम इस बात से सहमत हो कि विश्व में हर रंग की आवश्यकता है और हर रंग का अपना स्थान है?'

'जी हाँ! मैं इस बात से बिलकुल सहमत हो सकता हूँ', आनंद ने जवाब दिया।

'इसका अर्थ यह हुआ कि ईश्वर ने जो भी चीज़ बनाई है उसकी अपनी आवश्यकता है। यदि दुनिया में बुरे लोग नहीं होंगे तो अच्छे लोगों की कीमत किसी

को पता नहीं चलेगी। आज दुनिया में चोर हैं तो ईमानदारी की कीमत कितनी बढ़ गई है, यह हम सब जानते हैं। इससे हमें यह समझना चाहिए कि ईश्वर का यह दोष नहीं बल्कि प्रेम है, जो सभी को कर्म की आज़ादी देकर दिया गया है। आपको ईश्वर की बनाई कुदरत पर भरोसा रखना चाहिए क्योंकि जैसा तुम विश्वास रखोगे वैसे परिणाम तुम्हें मिलेंगे', इस तरह कई तर्क देकर ज्ञानेशजी ने सभी को समझ प्रदान की और आनंद से पूछा, 'तो क्या तुम्हें अपने सवाल का जवाब मिल गया है आनंद?'

आनंद अब भी ज्ञानेश देवजी की बातों पर मनन कर रहा था। उसने हाँ में अपना सिर हिला दिया। उसने कोई जवाब नहीं दिया।

'इस समझ के साथ तुम्हारे मन में और प्रश्न भी उठ सकते हैं। बस एक बात का स्मरण रखो कि ईश्वर का स्वभाव है सच्चाई, अच्छाई और परम शांति इनसे जो दूर चला जाता है उसे ईश्वर अपनी ओर ज़रूर खींचता रहता है, केवल उसे सुनने और समझने की देर होती है। तो आज का वचन यहीं समाप्त करते हैं।' ज्ञानेश देवजी ने कुछ भजनों के साथ उस दिन का प्रवचन समाप्त किया।

ज्ञानेश देवजी की अंतिम पंक्तियों ने आनंद पर गहरा प्रभाव डाला था।

उसके बाद ज्ञानेश देवजी ने आनंद से फिर से पूछा, 'संभव है कि तुम्हें तुम्हारे प्रश्न का उत्तर मिल गया होगा।'

आनंद चुप रहा। वह अपनी सोच को दिशा देने का प्रयास कर रहा था।

ज्ञानेश देवजी फिर बोले, 'कोई बात नहीं। तुम अपना समय लो क्योंकि इसकी आवश्यकता पड़ती है।'

जाते हुए ज्ञानेश देवजी ने आनंद के सिर पर हाथ रखा और उसके कानों में कहा, 'तुम अपने जीवन के अर्थ की तलाश में हो! हम जानते हैं कि वह तुम्हें ज़रूर मिलेगा!'

प्रत्येक घटना ईश्वर की उपस्थिति और उसके करुणा भाव के कारण होती है। उससे असहमत होकर, कृपा में बाधा डालने की आवश्यकता नहीं है। यह समझ, असहमति को दूर करके, शांति को बरकरार रखती है। इसी कारण सर्वप्रथम सहमति होनी चाहिए।

अध्याय तीन

बचपन में आनंद, अपने माता-पिता के साथ अकसर मंदिर जाया करता था। वे बहुत ही धार्मिक प्रवृत्ति के थे। उन्हें ऐसे ही आचार-व्यवहार अपने पुरखों से मिले थे।

छोटे से आनंद को, प्रातःकाल बिना कुछ खाए-पीए मंदिर जाना, बहुत भाता था। उसे वहाँ के शांत वातावरण में एक मनभावन संतुष्टि मिलती थी और वह बचपन से ही माता-पिता को देखते हुए भक्तिभाव में रहता था। हालाँकि देखनेवालों को यह अविश्वसनीय लगता था। किन्तु आनंद का बाल-मन पता नहीं क्यों इससे संतुष्टि पाता था। आनंद को ये संस्कार अपने माता-पिता से मिले थे। वे अधिक धनवान तो न थे, किन्तु जीवन की सभी आवश्यकताओं की पूर्ति करने में सक्षम थे। उनकी आस्था ईश्वर पर अडिग थी। जब वह अपने मित्र विवेक से मिला तब भी वह ऐसा ही था।

आनंद अकसर उसे बताया करता था कि कैसे उसके माता-पिता उसे ईश्वर के प्रति समर्पित रहने का ज्ञान दिया करते थे, ईश्वर की महिमा का वर्णन किया करते थे।

एक दिन आनंद ने पिताजी से पूछा था, 'पिताजी, ईश्वर दिखते कैसे हैं?'

तब उसके पिता ने समझाया था, 'बेटे, ईश्वर का कोई आकार नहीं होता, किन्तु जिस रूप में तुम देखना चाहते हो, तुम्हें उसी रूप में वे दिखाई देंगे। यह अपने मन की देखने की क्षमता एवं इच्छा पर निर्भर करता है।'

'इसका मतलब वे किसी भी रूप में हमसे मिल सकते हैं?', उसके बालमन की जिज्ञासा थी।

'सही कहा तुमने। वे कभी भी और कहीं भी, किसी भी रूप में मिल सकते हैं। वे तुम्हारी सहायता करने को उत्सुक रहते हैं। सच्चे मन से यदि उन्हें पुकारो, तो

वे तुम्हारी पुकार अवश्य सुनते हैं।'

'क्या वे सबका भला करते हैं?' उसके बाल-मन की दुविधा थी।

'हाँ, वे सबका भला करते हैं। कभी किसी को कष्ट में नहीं देख सकते। कभी भी जब तुम परेशानी में हो, तो उनसे विनती करना, तुम्हारा काम अवश्य हो जाएगा।' उसके पिता ने समझाया था। यह बात आनंद के मन में गहराई तक उतर गई थी कि ईश्वर उसकी मदद करने अवश्य आएँगे, जब भी वह उन्हें पुकारेगा।

वह सही दिशा में चल रहा था कि अचानक उसके जीवन में एक तूफान आया। एक सड़क दुर्घटना में उसके माता-पिता ने उसके सामने ही दम तोड़ दिया। उसके बालक-मन ने ईश्वर से अनेक प्रकार की विनती की, किन्तु ईश्वर ने उसकी एक न सुनी। वह रोता रहा और उसके माता-पिता का अंतिम संस्कार कर दिया गया। वह अकेला पड़ गया।

'क्या पिताजी की बात झूठी थी? क्या वाकई ईश्वर होता है?' अनाथालय में पहली बार उसने स्वयं प्रश्न किया था, इसके बाद भी कुछ अच्छे संस्कारों की वजह से, कुछ समय तक वह ईश्वर को पूजता रहा, परन्तु एक समय आया, जब उसने ईश्वर की पूजा भी बंद कर दी।

आज इतने दिनों के बाद उसने फिर एक बार सोचने का प्रयास किया था कि क्या सच था और क्या झूठ। ज्ञानेश देवजी की बातों ने उस पर जादू कर दिया था। उसे पुनः एक बार ईश्वर के बारे में सोचने के लिए प्रेरित किया था। कहते हैं कि माता-पिता का दिया संस्कार सुप्त हो सकता है, किन्तु कभी मृत नहीं हो सकता। आनंद का वह संस्कार अब जागृत होने लगा था।

जीवन में तब मोड़ आना स्वाभाविक हो जाता है, जब इंसान सोचने लगता है। आनंद ने सोचना प्रारंभ कर दिया था। ज्ञानेश देवजी का प्रवचन उसके मस्तिष्क के लिए खाद के समान था। अब वह ज्ञानेश देवजी से पुनः मिलना चाहता था, उनसे बातें करना चाहता था। लेकिन कारागार में यह संभव न था। उसके मित्र विवेक ने कारागार के अधिकारियों से बात की लेकिन बात बनी नहीं।

आनंद के जीवन में जो नई बात हुई थी, वह थी कि उसके मन में सहमति बन गई थी। वह अब अपने जीवन और उसके उद्देश्यों के बारे में सोचने लगा था। उसका भटकना परिस्थितियों के कारण था और इस बार उचित की ओर भी उसे

उसकी परिस्थिति ही लेकर जा रही थी। मित्र विवेक ने भी उसकी सहायता करने की ठान ली थी। उसने तय किया कि वह आनंद की समस्याओं और प्रश्नों को ज्ञानेश देवजी के सामने रखेगा और उनके समाधानों को आनंद के पास पहुँचाता रहेगा।

इसी क्रम में विवेक जाकर ज्ञानेश देवजी महाराज से मिला।

'एक समस्या लेकर आया हूँ। आपकी मदद चाहिए।'

'बोलो, पुत्र। कैसी मदद?'

विवेक ने सारी बातें बताईं, तो ज्ञानेश देवजी ने कहा, 'पुत्र, यदि उसकी सहमति हो गई है, तो उसका जीवन सरल हो चुका है। इसके बाद भी कुछ कठिनाइयाँ होती हैं, जिसके समाधान बड़े आवश्यक होते हैं। अत: मैं तुम्हारी और तुम्हारे मित्र की सहायता करने को तैयार हूँ।'

'यह सहमति क्या है? मैं आपकी बात नहीं समझ सका।'

'एक बार की बात है। सूफी संत शेख फरीद एक गली से गुज़र रहे थे। उस गली में उनसे द्वेष करनेवाली एक महिला रहती थी। फरीद को अपनी गली से गुज़रते देख, वह महिला छत पर गई और जैसे ही वे उसके घर के सामने पहुँचे, उसने उनके ऊपर राख से भरा तसला उड़ेल दिया। संत फरीद सिर से पैर तक राख से भर गए, लेकिन उन्होंने उस महिला से कुछ न कहा बल्कि आसमान की ओर हाथ जोड़कर धन्यवाद किया।

उनके साथ चल रहा उनका शिष्य, उनकी इस कृति पर क्रोधित भी हुआ और आश्चर्यचकित भी। उसने संत फरीद से कहा, 'उस महिला ने आप पर राख डाली, आपका घोर अपमान किया, फिर भी आप उसे कुछ कहने के बजाय धन्यवाद की मुद्रा में हैं। इसका क्या अर्थ है?'

शेख फरीद ने मुस्कुराकर कहा - 'इस शरीर से इतने पाप हुए हैं कि यह तो जीवित ही आग में जला दिए जाने योग्य है। इसलिए मैं परमात्मा को धन्यवाद दे रहा हूँ कि उसने केवल राख से ही मेरा निर्वाह कर दिया।'

विवेक अवाक् सा ज्ञानेश देवजी को घूर रहा था। उसकी समझ में कुछ न आया था।

ज्ञानेश देवजी बोले, 'इसका क्या अर्थ हुआ? कुछ समझे?'

'पता नहीं। मैं कुछ न समझ पाया।' विवेक ने हाथ जोड़कर कहा।

ज्ञानेश देवजी ने कहा, 'इसका अर्थ यह है कि संत फरीद उस महिला के कार्य से सहमत थे। यही सहमति वह दिव्य शक्ति है, जो किसी के जीवन को सार्थक आयाम देती है। तात्पर्य यह कि आप सहमति देकर ईश्वर को अनुमति देते हैं। तब आपको ईश्वर की सत्ता में विश्वास हो जाता है और आपका जीवन ईश्वर के अनुसार चलने लगता है। तब आपको दु:ख नहीं होता। असहमति ही दु:ख का प्रारंभिक बिन्दु है। तुम्हारे मित्र की इस सहमति से कि वह कुछ जानना चाहता है, उसका भला ही होगा।'

विवेक अत्यंत प्रसन्न होकर बोला, 'इसका अर्थ है कि वह मेरी बातें समझने लगेगा?'

ज्ञानेश देवजी ने शांत स्वर में कहा, 'अवश्य पुत्र, किन्तु अभी समय लगेगा। अभी सहमति बनी है और उसके बाद तुम्हें उसे तैयार करना होगा। तुम्हें उसे समझाना होगा कि जीवन में शिकायत की प्रवृत्ति से बचना चाहिए। यह ऐसा ठीक नहीं, वह वैसा अच्छा नहीं है – इन कथनों से दूरी बनानी होगी। उसे समझना होगा कि जीवन ईश्वर की देन है। उसे तर्क से ऊपर उठना होगा।'

'तर्क से ऊपर उठना? मैं कुछ समझा नहीं।' विवेक ने एक नादान बालक की भाँति प्रश्न किया।

'पुत्र, हर बात में तर्क से मन में प्रतिरोध एवं दु:ख बना रहता है। कई बातें तर्क से परे होती हैं, अत: हमेशा तर्क कार्य नहीं करता। एक घटना सुनो। एक इंसान का विदेश में रहनेवाला कोई रिश्तेदार मर गया, लेकिन उसे पता ही न चला कि वह मर गया, तो उसे कोई दु:ख न हुआ क्योंकि उसने उस दु:ख को भोगा ही नहीं। उसके जीवन में वह दु:ख आया, किन्तु समाचार न मिलने के कारण उसने उसे न भोगा। तो दु:ख तभी होता है जब हम उस विचार को स्वयं में पाते हैं। विचार तो हमेशा हमारे मन में चलते रहते हैं और वे विचार ही हमें तर्क करने पर विवश करते हैं। जब हम तर्क करने लगते हैं, तो हम जानने का प्रयास करते हैं कि क्यों हुआ? कैसे हुआ? और हमें दु:ख होता है। इसी कारण मैंने कहा कि आनंद को तर्क से ऊपर उठना होगा।' ज्ञानेश देवजी ने तर्क देकर तर्क का रहस्य समझाया।

विवेक ने आनंद के मन की शंका के बारे में पूछा, 'क्या सच में ईश्वर होते

हैं?'

ज्ञानेश देवजी गंभीर हो गए और बोले, 'यह तुम्हारा प्रश्न है या तुम्हारे मित्र का?'

विवेक बोला, 'मित्र का।'

ज्ञानेश देवजी कुछ क्षण मौन रहे और उसके बाद बोले, 'पुत्र किसी भी ज्ञान के लिए सबसे पहले ग्रहणशीलता की आवश्यकता होती है। यदि तुम्हारा मित्र ग्रहणशील है, तभी उसे समझ आएगा कि ईश्वर है अथवा नहीं, अन्यथा उसे समझ में नहीं आएगा।'

'आनंद नास्तिक नहीं है', विवेक ने अपनी बात रखी।

ज्ञानेश देवजी मुस्कुराए और बोले, 'बात आस्तिकता या नास्तिकता की नहीं है, किन्तु तुमने अच्छा प्रसंग उठाया है। चलो तुम्हें एक कहानी और सुनाता हूँ। इसे ध्यान से सुनो। इससे तुम्हारे मित्र के सभी प्रश्नों का उत्तर तुम्हें मिलेगा।

एक ऐसा गाँव था, जहाँ के रहनेवालों को उनका शरीर तो दिखता था, लेकिन चेहरा नहीं दिखता था। लोग एक-दूसरे को उनके स्वर से ही पहचान पाते थे। उस गाँव की परंपरा थी कि जब भी कोई परेशान होता था, दुःखी होता था अथवा किसी कष्ट में होता था, तो वे सामने की पहाड़ी के मंदिर में एक दिन बिताकर आते थे। आश्चर्य की बात थी कि जब वे आते थे, तो बहुत प्रसन्न होते थे।

असल में उस मंदिर में एक आइना लगा हुआ था। जब इंसान की नज़र उस पर पड़ती थी, तो उसे अपना चेहरा दिखता था। वह अपना चेहरा देखकर अपना दुःख भूल जाता था। दिलचस्प बात यह थी कि गाँव वापस आते-आते वह अपना चेहरा तो भूल जाता था, लेकिन खुश होता था। इस बात से सभी गाँव वालों के मन ये बात बैठ गई कि जो भी मंदिर में जाएगा, उसका दुःख दूर हो जाएगा।

एक दिन उस गाँव में एक आदमी आया। वह बड़ी अनोखी बातें करता था। जब भी कोई कहता कि मैं दुःखी हूँ, तो वह कहता कि 'तुम नास्तिक हो।' उसका महावाक्य था कि 'जो दुःखी है, वह नास्तिक है।' जब उससे पूछा गया कि फिर आस्तिक कौन है? तो उसने उत्तर दिया कि 'जो आनंद में है, वही आस्तिक है।'

लोगों को लगा कि वह पागल है। उन्होंने उसे भी मंदिर में एक दिन

बिताने को कहा। दूसरे दिन सभी यह देखकर आश्चर्यचकित रह गए कि वह वापस आया तो उस आइने को भी उठाकर ले आया था। जिसने भी देखा वे चिल्लाने लगे, 'अरे! देखो इस पागल को। यह तो आइना ही लेकर आ गया। यह हमारे गाँव की प्रथा नहीं है।' परंतु चमत्कार तो प्रारम्भ हो चुका था। सभी चीखते-चिल्लाते आते और आइने में स्वयं को देखकर शांत हो जाते। उस इंसान ने उस आइने को चौपाल पर लटका दिया ताकि सभी लोग अपना चेहरा देख पाएँ। समाचार पाकर सभी इकट्ठा होने लगे और सभी अपने चेहरे देखकर दंग रह गए क्योंकि उन सभी के चेहरे एक जैसे थे। सभी खुशी से झूमने लगे कि 'जो तुम्हारा चेहरा है, वही मेरा भी है। हम सभी का चेहरा एक ही है।'

'तो बताओ उस इंसान ने ऐसा क्यों किया?' ज्ञानेश देवजी ने विवेक से सवाल किया।

विवेक कहानी बड़ी लगन से सुन रहा था, लेकिन अब भी उसे कुछ-कुछ ही समझ आ रहा था। उसने कहा, 'मैं नहीं समझ पाया?'

ज्ञानेश देवजी बोले, 'वह उस आइने को इसलिए लेकर आया क्योंकि उसकी आवश्यकता मंदिर में नहीं थी बल्कि उस गाँव में थी। तात्पर्य यह कि ऐसे आइने की आवश्यकता संसार में होती है, जो आपको बता सके कि आप कौन हैं?'

विवेक तन्मय होकर सुन रहा था और मनन भी कर रहा था।

'तो नास्तिक कौन है?' ज्ञानेश देवजी ने पुन: पूछा।

'जो दु:खी है।' सहसा ही विवेक बोल पड़ा।

'बिलकुल सत्य। आप दु:खी कब होते हैं? जब 'आप कौन हैं' नहीं जानते और आपको लगता है कि जो कुछ हो रहा है, वह आपके अनुकूल नहीं है। जो कुछ हो रहा है, वह अनुचित हो रहा है। तब आप ईश्वर की बनाई इस दुनिया पर शंका करते हैं। और फलत: अनजाने में ही सही लेकिन ईश्वर पर भी शंका करते हैं कि उसकी बनाई दुनिया में अनुचित हो रहा है। दु:ख में होने पर सच को देखने की क्षमता नहीं रहती। दु:खी मनुष्य रोता है। तब उसके आँसू उन्हें कुछ भी देखने नहीं देते। आप अपने आँसू पोछ लें और दु:ख को भूल जाएँ, स्वयं का असली चेहरा देखें, तो आपको अपनी उपस्थिति का अनुभव (स्वबोध) होगा और तभी ईश्वर की उपस्थिति भी आपको महसूस होगी।

'लेकिन, आनंद को कैसे समझाना होगा? क्या वह समझ पाएगा?' विवेक को चिंता थी कि आनंद इतना हठी है कि उसकी बात नहीं मानेगा।

ज्ञानेश देवजी बोले, 'इसका समाधान है – सुझाव की शक्ति।'

'सुझाव की शक्ति?' विवेक बोल पड़ा, 'मैं कुछ समझा नहीं बाबा।'

इसे समझना थोड़ा कठिन है, अत: अगली बार बताऊँगा, लेकिन पहले एक बार प्रयास करो और वे बातें बताओ जो तुम्हें बताई गई हैं। फिर मुझे आकर बताना कि उसने क्या कहा?

विवेक संतुष्ट हो गया। वह मन ही मन प्रसन्न हो रहा था कि उसे एक मार्ग मिल गया था। उसने ज्ञानेश देवजी को धन्यवाद दिया और वहाँ से निकल गया। अब उसे पता था कि उसे क्या करना है।

हमें हमारे विचार, वाणी और क्रियाओं के बारे में बहुत आसानी से पता चलता है। हम इन शक्तियों का प्रयोग करना भी जानते हैं, किन्तु इनके पीछे छिपी असली भावना को नहीं समझ पाते। इस कारण इस शक्ति का हम पूरा लाभ नहीं ले पाते हैं। हमारे विचार, वाणी और क्रिया के पीछे एक भाव न होने के कारण हम खण्डित जीवन जीते हैं, अतः हमें संपूर्ण जीवन यानी अखण्ड जीवन जीने की आवश्यकता है। जहाँ भाव, विचार, वाणी और क्रिया एक हैं।

अध्याय चार

विवेक ने स्वयं को अच्छी तरह से तैयार कर लिया था। मिलने के समय से आधे घंटे पहले ही वह जेल पहुँच चुका था और उस समय में भी वह ज्ञानेश देवजी के कहे अनुसार स्वयं को तैयार करता रहा ताकि जब आनंद उससे कुछ पूछे तो उसे उचित प्रकार से उत्तर दे सके।

आज आनंद खुश नज़र आ रहा था। विवेक को राहत मिली क्योंकि आनंद के तर्क के सामने उसे हमेशा झुकना पड़ता था। पर, जब वह प्रसन्न होता था तो कई बार उसकी बातें मान लिया करता था।

'कैसे हो आनंद?' विवेक ने पूछा।

'ठीक हूँ, और तुम कैसे हो?' आनंद ने गंभीरता से कहा।

'मैं ठीक हूँ। मैं ज्ञानेश देवजी से मिला और उनसे सारी बातें पूछीं। वे बड़े ज्ञानी हैं। उन्होंने मुझे बहुत अच्छी तरह से समझाया। चलो मैं तुम्हें बताता हूँ कि उन्होंने क्या-क्या ज्ञान दिया।'

विवेक ने कहा तो आनंद के मुँह से केवल 'हुम्मम' की ध्वनि निकली और वह सुनने लगा। विवेक ने अपनी ज्ञान-गंगा बहा दी। एक-एक बात को उसने विस्तार से आनंद के सामने रखा। आनंद बड़ी उत्सुकता और तन्मयता से सुनता रहा और बीच-बीच में छोटे-मोटे सवाल भी करता रहा। शुद्ध उपस्थिति के बारे में सुनकर आनंद पूछ पड़ा, 'मेरी उपस्थिति शुद्ध कैसे होगी विवेक? इसे थोड़ा विस्तार में बताओ।'

'यही सवाल मैंने ज्ञानेश देवजी से पूछा तो उन्होंने बड़ा सुंदर उदाहरण प्रस्तुत किया... जैसे किसी रास्ते में ट्रैफिक जाम हो गया है। कई गाड़ियाँ एक-दूसरे के आजू-बाजू में रुकी हुई हैं। स्थिति यह है कि एक गाड़ी निकले तो दूसरी आगे बढ़

पाएगी और दूसरी निकलेगी तो तीसरी गाड़ी आगे बढ़ सकेगी। इन गाड़ियों के बीच में कहीं पर आपकी गाड़ी भी फँसी हुई है। इस समय यदि आपको ऐसी शक्ति दी जाए, जिससे आप ट्रैफिक में से किसी एक गाड़ी को गायब कर पाएँगे तो आप कौन सी गाड़ी को गायब करेंगे?' थोड़े मौन के बाद विवेक ने स्वयं ही जवाब दिया, 'ज़ाहिर है कि आप तुरंत अपनी ही गाड़ी को गायब करेंगे।'

इसी तरह मन में विचारों के ट्रैफिक जाम के वक्त हमें अपने अंदर के नकली मैं यानी अहंकार को गायब करना चाहिए। उसकी उपस्थिति की वजह से अटकाव है, उसकी वजह से ही विचारों में ट्रैफिक बढ़ गया है। जब अहंकार गायब हो जाएगा तब ईश्वरीय विचार आने शुरू हो जाएँगे। फिर हम असल में जो हैं, उस साक्षी की उपस्थिति बढ़ेगी। जैसे सिद्धार्थ गौतम गायब हो गए तो उसी शरीर में भगवान बुद्ध की उपस्थिति आ गई। वर्धमान की गाड़ी गायब हो गई तो भगवान महावीर की उपस्थिति आ गई। भगवान बुद्ध व भगवान महावीर ये उस अनुभव के नाम हैं, जिसकी उपस्थिति से सत्य के लिए रास्ता खुला।

विश्व में जिन लोगों का अहंकार गायब हुआ है, वहाँ सत्य के लिए रास्ता खुलता गया है। जिन्होंने भी स्वयं को यानी अंतिम सत्य को जाना, उन्होंने उस सत्य का प्रचार-प्रसार भी किया।

अहंकार के हटते ही आप दूसरों को भी उपस्थिति की शक्ति का महत्त्व और उसके उपयोग के बारे में बता पाएँगे, इस काम में आपको बहुत आनंद भी आएगा। ईश्वर रूपी सत्य जानने के बाद यही काम सबसे ज़्यादा महत्वपूर्ण है।' विवेक ने अपनी बात समाप्त की।

आनंद सोच में डूबा हुआ था। वह आज पहली बार महसूस कर रहा था कि आज तक उसने जो किया क्या वह सही था? अहंकार के वशीभूत होकर उसने जाने कितनों को नुकसान पहुँचाया था। अचानक वह बोल पड़ा, 'मैं समझ रहा हूँ कि तुम क्या कहना चाह रहे हो। परंतु मैं यह समझ नहीं पा रहा हूँ कि आखिर मुझसे गलत काम कैसे हुए? मैं चाहकर भी इस चक्कर से बाहर क्यों नहीं आ पाया?'

'यह स्मृतियों का रहस्य है, आनंद।' विवेक बोला, 'हमारे जीवन की अनेक सुखकर स्मृतियाँ हैं, वे समृद्ध स्मृतियाँ हैं। साथ ही अनेक दु:खद घटनाएँ हैं, वे दरिद्र स्मृतियाँ हैं। समृद्ध स्मृतियाँ सत्यम्, शिवम्, सुंदरम् के साथ जुड़ी होती हैं। इन्हें याद करने से हमारा वर्तमान बदल जाता है। ये कल्पनाएँ दिशायुक्त श्रेणी में आती हैं।

ईश्वर या सत्य अनुभव की कल्पना कभी नहीं करनी चाहिए क्योंकि यह अनुभव तो होकर ही जाना जा सकता है।

समय के साथ हमारे शरीर में बदलाव आते रहते हैं। पुरानी कोशिकाएँ मरती हैं और नई कोशिकाएँ जन्म लेती हैं। एक स्थिति ऐसी आती है, जब हमारा पूरा का पूरा शरीर बदल जाता है। इस प्रक्रिया में कुछ अंगों को पूरा बदलने में एक साल लगता है, कुछ को दो साल लगते हैं और कुछ को तीन साल भी, लेकिन धीरे-धीरे सब बदल जाता है। इसका गूढ़ अर्थ यह है कि हमारे शरीर में यदि कोई बीमारी है, तो उसे मिट जाना चाहिए, लेकिन ऐसा नहीं होता। इसका कारण यह है कि पुरानी कोशिकाएँ नई कोशिकाओं को अपनी स्मृतियाँ देकर चली जाती हैं और बीमारी टिकी रहती है। उसी तरह जख्मी यादें हमसे कुछ ऐसे कर्म करवा देती हैं, जो हम होश में कभी नहीं करते। यह एक क्रांतिकारी रहस्य है।'

'यह सच में क्रांतिकारी तथ्य है, किन्तु इसे समझना कठिन है।' आनंद की जिज्ञासा बढ़ गई।

इसे एक उदाहरण से समझो, 'यह लगभग वैसे ही होता है, जैसे कि पुराना शिक्षक विद्यालय छोड़ते समय, अपनी जगह पर आनेवाले नए शिक्षक को बता जाता है कि फलाँ लड़का शैतान है, फलाँ लड़का ढीठ है, वह नियमित होमवर्क नहीं करता, फलाँ को ठीक से लिखना नहीं आता। परिणामत: उस नए शिक्षक को पहले से ही पता होता है कि किस लड़के के साथ उसे कैसा व्यवहार करना है और किससे उसे निपटना है। इसी प्रकार पुरानी स्मृतियाँ बनी रह जाती हैं।'

आनंद सोच में पड़ गया। उसे पता था कि उसके भीतर कई ज़ख्मी स्मृतियाँ हैं जो उसके माता-पिता के गुज़र जाने से और कुछ लोगों की धोखाधड़ी से उत्पन्न हुई हैं। यह सोचते-सोचते आनंद बोल पड़ा, 'शायद यही कारण है कि मैं गलत राह पर चल पड़ा...'

'तुम क्या सोच रहे हो आनंद', विवेक ने पूछा।

'बस, ज्ञानेश देवजी के अमूल्य वचनों को समझने का प्रयास कर रहा था।'

'यह तो बढ़िया बात है दोस्त', विवेक मारे खुशी के बोल पड़ा।

'अच्छा विवेक! मिलने का समय समाप्त हो चुका है। मैं ज्ञानेश देवजी की बातों पर और सोच-विचार करना चाहता हूँ। तुम कल ज्ञानेश देवजी को मेरा धन्यवाद देना और कहना कि मेरे लिए आगे का मार्गदर्शन प्रदान करें। मैं उत्सुक हूँ।'

'हाँ मित्र! मैं अवश्य तुम्हारा संदेश पहुँचाऊँगा।' विवेक अपने भीतर संतुष्टि महसूस कर रहा था।

आनंद ने अपने जीवन को कभी इस प्रकार से देखा ही न था। यह अवश्य था कि वह सोच सकता था, लेकिन उस सोच को भी एक दिशा की आवश्यकता थी और उसे ऐसा प्रतीत हो रहा था कि ज्ञानेश देवजी ही वह दिशा देने में सक्षम थे। वह पूरा दिन और पूरी रात विचार करता रहा, मनन करता रहा। अब वह जीवन के प्रति सचमुच गंभीर था।

मन चंचल होता है। वह इधर-उधर भागता रहता है। इसके कारण अलग अलग दिशाओं में बिखरी आपकी ऊर्जा का एक साथ होना कठिन होता है। हमें अपनी समस्त ऊर्जाओं को शांति पर केंद्रित करके एक जगह पर लाना है। इससे हमारी ऊर्जा का ह्रास नहीं होता और वह केंद्रिभूत होकर एक महाशक्ति बन जाती है।

अध्याय पाँच

आनंद चाहे जेल में था, लेकिन उसकी सोच अब सीमित नहीं थी। कहते हैं कि यदि मनुष्य एक बार गहराई से सोचने लग जाए तो उसके स्वभाव एवं स्वरूप पर उस सोच का अत्यधिक प्रभाव पड़ता है। आनंद का जीवन भी अब बदलने लगा था। जेल के सभी अधिकारी इस परिवर्तन को महसूस कर रहे थे।

एक दिन उसे नए जेलर ने बुलवाया और उससे पूछा, 'क्या बात है? कई दिनों से तुम चुप-चुप रहते हो। कहीं कुछ करने का इरादा तो नहीं?'

आनंद उनका आशय समझ गया और बोला, 'जेलरसाहब आप निश्चिंत रहो। मैं ऐसा-वैसा कुछ नहीं करूँगा बल्कि आपने मुझे समझा, इसके लिए आपका बहुत-बहुत आभार।'

जेलर आश्चर्यचकित था। उन्हें आशा नहीं थी कि एक अपराधी इस प्रकार की शालीनता दिखाएगा और आभार भी प्रकट करेगा। वह थोड़ी देर तक कुछ सोचता रहा और बोला, 'आनंद नाम है न तुम्हारा?'

'जी' संक्षिप्त सा उत्तर।

'तो आनंद, सुनो। ऐसा भी हो सकता है कि तुम्हारे व्यवहार में परिवर्तन अच्छे के लिए हुआ हो। इस कारण और तुम्हारे कहने के कारण मुझे तुम पर विश्वास है। तुम यदि कुछ मदद चाहते हो तो बताओ। हमारा काम सिर्फ कैदियों पर निगरानी रखना ही नहीं है बल्कि वे सुधरना चाहते हैं, तो उनकी मदद करना भी है।'

आनंद इस अप्रत्याशित प्रश्न के लिए तैयार नहीं था। वह सोचने लगा कि क्या कहूँ और कैसे कहूँ? फिर हिम्मत जुटाकर उसने कहा, 'जेलरसाहब अगर आप मेरे लिए कुछ करना ही चाहते हैं, तो रोज़ शाम के समय एक प्रार्थना सभा रखने की अनुमति दें, जिसमें सभी कैदी एक जगह उपस्थित होकर अपने-अपने ईश्वर की अपने तरीके से

पूजा कर सकें।'

आनंद की इस प्रार्थना पर जेलर कुछ समय तक चुप रहा और फिर बोला, 'देखो आनंद, तुम्हारा सुझाव बहुत सुंदर है, लेकिन जेल में ऐसा कभी हुआ नहीं है। मुझे अपने उच्च अधिकारियों से अनुमति लेनी होगी। उसके बाद ही ऐसा कुछ किया जा सकेगा। अब तुम जाओ। तुम्हें सूचित कर दिया जाएगा कि यह संभव है या नहीं।'

आनंद उन्हें नमस्ते करके वहाँ से चला आया। वह सोचने लगा कि यदि अनुमति मिल गई, तब उसे क्या-क्या करना है। अपनी गलती को किस प्रकार उसे सुधारना है। और भी कई बातें उसके मन में उभरकर आ रही थीं। वह रात में ऐसे ही सोचते हुए सो गया।

सपने में उसे ज्ञानेश देवजी दिखाई दिए, जिन्होंने पूछा, 'कैसे हो पुत्र?'

आनंद ने उन्हें प्रणाम किया और बोला, 'सब ठीक है। लेकिन मन स्थिर नहीं रहता। भागता रहता है।'

'इसमें तुम्हारा कोई दोष नहीं पुत्र। मन चंचल होता है और उसका स्वभाव ही इधर-उधर भटकना होता है। इसे नियंत्रण में करना होगा।'

'वो कैसे होगा?'

ज्ञानेश देवजी उसे हाथ पकड़कर कहीं दूर ले गए। वहाँ आनंद ने पाँच बच्चों को देखकर पूछा, 'ये कौन हैं? और हम कहाँ आए हैं ज्ञानेश देवजी?'

'ये द्वापर युग है। तुम्हारे सामने जो खड़े हैं, वे पाँच पाँडव हैं और उनके साथ हैं गुरु द्रोणाचार्य।' सफेद वस्त्रों में बैठे, योगी समान पुरुष की ओर ज्ञानेश देवजी इशारा कर रहे थे।

आनंद ने देखा कि गुरु द्रोणाचार्य अपने शिष्यों के साथ जंगल में जा रहे हैं। आनंद और ज्ञानेश देवजी भी उनके पीछे हो लिए। गुरु द्रोणाचार्य उन सभी को लेकर एक आम के पेड़ के पास गए। उस पेड़ की ऊँची टहनियों के बीच, पत्तों के झुरमुट में उन्होंने मिट्टी की एक चिड़िया बाँध रखी थी। गुरु द्रोणाचार्य ने सभी बच्चों को वह चिड़िया दिखाते हुए उस पर निशाना साधने को कहा। सभी बच्चे धनुष पर तीर चढ़ाकर तैयार हो गए।

तब गुरु ने तीर चलाने का आदेश देने से पहले सभी बच्चों के पास जाकर उनसे पूछा, 'इस समय तुम्हें क्या दिखाई दे रहा है?' किसी बच्चे ने कहा – 'मुझे सामने एक

पेड़ दिख रहा है।' किसी ने कहा – 'मुझे टहनियाँ दिख रही हैं।' किसी ने कहा – 'मुझे पत्ते दिख रहे हैं।' किसी ने कहा – 'मुझे टहनी पर बैठी चिड़िया दिखाई दे रही है।'

आखिर में गुरु द्रोणाचार्य अर्जुन के पास गए और उससे भी यही प्रश्न किया, तो अर्जुन ने जवाब दिया, 'गुरुजी, मुझे केवल चिड़िया की आँख दिखाई दे रही है।'

तब गुरु द्रोणाचार्य ने अर्जुन से फिर पूछा, 'तुम्हें इसके अलावा और क्या दिखाई दे रहा है?'

तो अर्जुन ने पुनः कहा 'गुरुजी, मुझे केवल चिड़िया की आँख ही दिखाई दे रही है।'

गुरु द्रोणाचार्य के चेहरे पर प्रसन्नता छा गई और वे बोले, 'तो फिर देखते क्या हो, लगाओ निशाना।' और अर्जुन ने एक ही तीर में उस चिड़िया की आँख को भेद दिया।

आनंद के सामने जो दृश्य था, वह उस पर आश्चर्यचकित था। उसने ज्ञानेश देवजी से पूछा, 'गुरु द्रोणाचार्य ने अपने ही शिष्यों की ऐसी परीक्षा क्यों ली होगी?'

इस पर ज्ञानेश देवजी ने कहा, 'शिष्य को ज्ञान देने से पहले गुरु उसकी पात्रता परखता है। तुमने देखा कि कैसे अर्जुन का ध्यान केवल अपने लक्ष्य पर था। लक्ष्य की इसी एकाग्रता का प्रदर्शन अर्जुन ने द्रौपदी के स्वयंवर में भी किया और महाभारत युग के सर्वश्रेष्ठ धनुर्धर के रूप में विख्यात हुए।'

इतने में ज्ञानेश देवजी ने फिर आनंद का हाथ पकड़ा और आनंद ने देखा कि वह फिर जेल की कोठरी में पहुँच गया था।

ज्ञानेश देवजी ने आनंद से कहा, 'तो पुत्र, अर्जुन ने जिस प्रकार अपनी संपूर्ण ऊर्जा को चिड़िया की आँख पर समेट लिया, ठीक उसी तरह जीवन में लक्ष्य को सटीक ढंग से भेदने के लिए हमें अपनी ऊर्जा को समेटना होता है। उसे एक बिंदु पर केंद्रित करना होता है। तुमने अपनी ऊर्जा को गलत जगह पर लगाया। इसी ऊर्जा को यदि तुम सही लक्ष्य के साथ जोड़ते तो आज तुम्हारा जीवन बेहतरीन होता। सही लक्ष्य न तय करने और उस पर ध्यान न केंद्रित करने के कारण मनुष्य बाकी बच्चों की तरह चिड़िया की आँख को छोड़कर शेष सब कुछ देखता रहता है, जबकि उसे केवल और केवल चिड़िया की आँख ही देखनी चाहिए। मन की चंचलता तुम्हें कभी भी एकाग्र नहीं होने देगी। अतः उसकी चंचलता पर अर्जुन की भाँति विजय प्राप्त करनी होगी और उसे एकाग्रचित्त करना होगा।'

'आपने सही कहा। लेकिन यह संभव कैसे होगा?' आनंद की जिज्ञासा बढ़ी।

'पुत्र, अनेक विभूतियों ने सत्य पाने के लिए अपना जीवन लगा दिया, जब तुम उसे आजमाओगे, परखोगे, तब अनजाने में ही तुम्हारे जीवन में समेटने की शक्ति काम करने लगेगी। यानी ऊर्जाएँ केंद्रित होने लगेंगी। इसकी बस एक शर्त है कि तुम्हारी ऊर्जा तुम्हारे आदर्श पर केंद्रित हो। तुम्हारा जीवन उसूलों पर टिका हो। तुम्हारी दोस्ती भी उसूलों पर टिकी हो, नहीं तो दोस्त भी अकसर गुमराह करते हैं। गौतम बुद्ध ने कहा है – 'जीवन की राह में संघ का बहुत महत्त्व है। अगर आप साधु-संतों के साथ रहेंगे, तो मुक्ति पाएँगे और अगर आप चोरों के गिरोह में शामिल हो गए, तो जेल में जाएँगे। ठीक उसी प्रकार जैसे तुम जेल में आ गए हो।'

अचानक आनंद की नींद खुल गई। वह उठ बैठा। कुछ देर गहरी शांति का अनुभव किया। वह सोचने लगा कि ज्ञानेश देवजी ने कितनी उचित बात कही। उसने ही चोरों के गिरोह में शामिल होने का निर्णय लिया था। तब विवेक ने कितना मना किया था, लेकिन उसने उसकी कोई बात मानी न थी। अब वह पसीने से लथपथ था। विचारों की गर्मी उसे और भी तपन दे रही थी।

दूसरे दिन आनंद को सूचना मिली कि उसका अनुरोध स्वीकार कर लिया गया है। वह खुशी से झूम उठा। विवेक जब मिलने आया, तो आनंद ने उसे सारी बातें बताईं और अपने उस व्यवहार के लिए क्षमा भी माँगी। विवेक भी बहुत प्रसन्न था कि उसका मित्र सही रास्ते पर आने लगा था। उसने आनंद को गले लगा लिया। आनंद की आँखों में आँसू थे।

उस दिन के बाद से प्रतिदिन संध्या के समय जेल में प्रार्थना होने लगी। सभी जाति एवं धर्म के कैदी अपनी-अपनी प्रार्थना करने लगे। यह एक क्रांतिकारी कदम था और कुछ ही दिनों में आनंद ने कैदियों में क्रांतिकारी परिवर्तन लाया। जेलर साहब की वाहवाही होने लगी और एक दिन भरी सभा में जेलर साहब ने आनंद की बहुत प्रशंसा की।

आनंद सभी कैदियों का चहेता बन गया। वह उनके प्रश्नों के उत्तर देता और उन्हें संतुष्ट करने का प्रयास किया करता था। वह नहीं जानता था कि ईश्वर ने उसके साथ क्या किया, लेकिन वह अनेक ऐसी बातें बोलने लगा था, जिसके बारे में उसने कभी पढ़ा भी न था। तब उसे अनुभव हुआ कि ईश्वर है।

आनंद को प्रतीत हुआ कि ज्ञानेश देवजी बिलकुल सही कहते हैं। कई दिनों से आनंद का बदला हुआ रवैया सभी को दिखाई दे रहा था। वहाँ मौजूद कुछ कैदियों के मन में आया कि क्यों न आनंद से कुछ सवाल-जवाब किए जाएँ ताकि उनके अंदर भी बदलाव आए। खाना खाते समय, कुछ लोग संघ बनाकर आनंद के पास आ बैठे।

उनमें से एक कैदी ने आनंद से पूछा, 'हम कैसे स्वयं का मार्गदर्शन करें ? हमें कुछ भी पता नहीं। सभी कहते हैं कि अच्छे बन जाओ, लेकिन कैसे ?'

आनंद ने कहा, 'आदर्श और सिद्धांत ही आपका मार्गदर्शन कर सकते हैं और इसके लिए आपको उच्चतम का चुनाव करना होगा। एक बार जीवन में सिद्धांत स्थापित हो जाए, तो स्वत: ही दिशा मिलती रहती है। अनजाने में ही स्थिरता की तैयारी चलती रहती है।'

'लेकिन हम स्थिर हो गए, तो रुक गए। फिर आगे कैसे बढ़ेंगे ?' किसी दूसरे ने पूछा।

तब आनंद ने उसे समझाया, 'नहीं, इस स्थिरता का अर्थ रुक जाना नहीं है। इसका अर्थ है कि आप किसी चीज़ को, किसी लक्ष्य को लगातार अपने सामने रखने की शक्ति रखते हैं। अगर ऐसा नहीं है, तो इसका अर्थ है कि मन अभी स्थिर नहीं हुआ है और वह अपनी चंचलता से आपको अच्छी बातों से हटाकर, व्यर्थ के स्थानों पर उलझा रहा है। इसीलिए अपने आदर्श को हमेशा अपने सामने रखना होता है ताकि आपका मन उसका अभ्यस्त हो जाए।

'यदि आपको एक खज़ाने की पहरेदारी पर रखा गया है, तो आपका पहला गुण होना चाहिए कि एक क्षण के लिए भी आपका ध्यान खज़ाने की सुरक्षा से न हटे वरना वह चोरी हो जाएगा। जबकि चंचल मन आपको इससे भटकाने के प्रयास में रहता है। यदि हम उसकी सुनेंगे, तो गलत चयन कर लेंगे। इसलिए मन में हमेशा सतर्कता रहनी चाहिए और इसी के अनुसार आपका ध्यान हमेशा आपके आदर्श पर केंद्रित होना चाहिए।'

'यह बात तो समझ में आई, लेकिन इतनी एकाग्रता कैसे संभव है ?' किसी अन्य कैदी ने पूछा।

'हाँ, आपका कहना उचित है, लेकिन यह संभव है। कुछ दिन पहले ही मैंने जेल

की पुस्तकालय की एक पुस्तक में गणित के एक विद्वान श्रीमान चक्रवर्ती जी का उदाहरण पढ़ा था। उसमें लिखा था कि इन्होंने अंकगणित की कई पुस्तकें लिखी हैं। इनका जीवन बस एक बिंदु पर केंद्रित था कि गणित की गुत्थियों को कितने तरीकों से सुलझाया जा सकता है, वे इसके लिए अलग-अलग तरीके ढूँढ़ते रहते थे।

एक दिन की बात है। उनके कंधे पर एक फोड़ा निकल आया। डॉक्टरों ने कहा - 'इसका ऑपरेशन करना होगा और इसके लिए आपको बेहोशी की दवा देनी होगी।'

श्रीमान चक्रवर्ती ने पूछा - 'बेहोशी की दवा देना ज़रूरी क्यों है?' तब डॉक्टरों ने उन्हें समझाया - 'असल में ऑपरेशन के दौरान आपको बहुत दर्द हो सकता है और वैसे भी पहले से ही आपको बहुत दर्द है। अगर आपको दवा नहीं देंगे, तो आप हिलेंगे, दर्द में चिल्लाएँगे, शोर मचाएँगे और ऑपरेशन में कठिनाई होगी और हो सकता है कि वह ठीक से न हो सके।'

तब श्रीमान चक्रवर्ती ने कहा - 'बस इतनी सी बात है, तो मैं बिलकुल भी नहीं हिलूँगा और न ही शोर मचाऊँगा। बस आप मेरे घर से अंकगणित की पुस्तक मँगवा दीजिए।'

ऑपरेशन के दौरान वे गणित का एक प्रश्न लेकर उस पर मनन करने लगे और डॉक्टर ऑपरेशन करते रहे। पूरा ऑपरेशन हो गया लेकिन श्रीमान चक्रवर्ती ने उफ तक नहीं की। उनका सारा ध्यान गणित के प्रश्न पर केंद्रित था।

इस प्रकार गणित पर ध्यान केंद्रित करना उनके लिए बड़ी बात नहीं थी। वे इस बात को जानते थे कि गणित की गुत्थियों को सुलझाने में वे पूरी तरह से खो जाते हैं। आपने भी ऐसा अनुभव किया होगा कि जब जेल में कोई नया मेहमान आता है, तो आप उसकी आवभगत में अपने दर्द को कुछ क्षण के लिए भूल जाते हैं या कभी आप किसी ऐसे काम में लग जाते हैं, जो आपका मनपसंद हो तो कुछ समय के लिए दर्द गायब हो जाता है।'

'ऐसा तो होता है, लेकिन पुन: वह दर्द वापस भी आ जाता है।' एक अन्य कैदी की जिज्ञासा।

'बिलकुल! क्योंकि हम इसमें प्रशिक्षित नहीं हैं। प्रशिक्षण से हम ऐसा कर सकते हैं। मान लीजिए, आप प्रसन्न बैठे हैं और अचानक कोई बुरी खबर आती है या मन में

कोई नकारात्मक विचार आ जाए, तो आपका मन डाँवाडोल होने लगता है। दिल बैठने लगता है। ऐसे में खुद को याद दिलाना चाहिए कि उस बुरी खबर के आने से पहले या उस नकारात्मक विचार के आने से पहले मेरी क्या स्थिति थी? उस समय मन तो प्रसन्न था। तो क्या मैं उस पूर्वावस्था में वापस नहीं जा सकता?

ध्यान देने योग्य बात यह है कि जो अवस्था आपको दु:ख दे रही है, उसके पूर्व की अवस्था का ध्यान करें कि उस समय मैं कितना प्रसन्न था। उस अवस्था में फिर से आने पर आपको दु:ख नहीं होगा। स्वयं को ऐसा प्रशिक्षण देना होगा। जैसे आज कंप्यूटर का युग है। जब वह बिगड़ जाता है या उसमें वायरस आ जाता है, तो हम वापस उसे पीछे रिस्टोर पाईंट पर ले जाते हैं, जब वह अच्छी तरह से चल रहा था। उसके बाद ही हम पुन: निर्णय लेते हैं कि अब नया प्रोगाम डाला जाए या फिर इसे डिलीट कर दिया जाए।

इसी प्रकार आपको स्वयं को प्रशिक्षित करना होगा। जब आपका ध्यान इस प्रकार केंद्रित होगा, तो जो भी वस्तु आपकी चाह है, वह अपने आप ही आपके पास आने लगेगी। जिस आदर्श पर आपका ध्यान केंद्रित है, वह आदर्श आपके जीवन में प्रतिबिंबित होने लगेगा। तब कोई मानसिक दु:ख वापस नहीं आएगा। जीवन में एकाग्रता आए तो सामने पहाड़ भी चूर-चूर हो सकता है। हमने *दशरथ माँझी की कहानी सुनी ही है कि कैसे उसने अकेले पहाड़ काटकर रास्ता बना लिया था। आपको खुद पर आत्मविश्वास रखना होगा। आपने यदि अपनी सारी शक्तियों को समेट लिया, तो पहाड़ जैसा लक्ष्य भी आपके लिए आसान हो जाएगा।'

इतना कहकर आनंद ने देखा कि सभी ध्यान से उसकी बातें सुन रहे थे। इसका अर्थ था कि उसकी बातों का असर हो रहा था। वह आज बहुत संतुष्ट था। उसे प्रतीत हो रहा था कि उसने आज तक असली जीवन जीया ही नहीं था। जीवन तो यह है, दूसरों के लिए जीना और उनकी खुशी (मुक्ति) में खुश रहना।

** दशरथ माँझी- गाँव का एक ऐसा इंसान जिसने रोज़ थोड़ा-थोड़ा करके गहलौर पहाड़ को काटकर, उसमें से रास्ता बनाया ताकि पूरे गाँव की समस्याएँ सुलझ जाएँ। यह कार्य करने में उन्हें अनेक अड़चनें आईं, लोगों ने उन्हें पागल कहा परंतु वे निरंतरता से जुटे रहे। २२ सालों में उन्होंने यह कार्य पूरा किया। आज उन्हें ''माऊँटन मैन'' के नाम से भी जाना जाता है।*

ईश्वर द्वारा हर इंसान को एक बहुमूल्य उपहार दिया गया है और वह है – उसकी शुद्ध उपस्थिति। यह इतनी बड़ी शक्ति है कि इसके सहारे आप बड़ी से बड़ी समस्या में भी सकारात्मक विचारों के साथ सही तरीके से उपस्थित रह सकते हैं। यह निराकार उपस्थिति है, हर प्रकार के आकार से परे की उपस्थिति।

अध्याय छह

अब आनंद का जीवन बदल चुका था। उसने यह भी महसूस किया कि जेल के सभी अधिकारियों का व्यवहार उसके प्रति बदल गया था। अब लोग उसे कैदी की नज़र से नहीं बल्कि एक भले इंसान की नज़र से देख रहे थे। वह अब बहुत अच्छा महसूस करने लगा था। दूसरों के लिए अपना जीवन देने के लिए तैयार था। इस बदलाव ने उसके अंदर हलचल मचा रखी थी। उसका मन बार-बार ज्ञानेश देवजी से मिलने को उतारु हो रहा था। उनसे बातें करने की उसे बड़ी इच्छा थी, लेकिन जेल के नियम इसमें बाधा उत्पन्न कर रहे थे। तब उसे याद आया कि ज्ञानेश देवजी द्वारा लिखित पुस्तकें भी उपलब्ध हैं। उसके आग्रह पर विवेक ने तुरंत जेल में उसे पुस्तकें भेज दीं।

अब उसे अपनी शुद्ध उपस्थिति का भी अनुभव होने लगा था। एक ऐसी उपस्थिति जब आप न शरीर होते हैं, न मन, न बुद्धि और न ही आपको किसी प्रकार का आभास होता है। यही निराकार उपस्थिति होती है। इस स्थिति में मानव वही होता है, जो वह है, वह ऐसा बनकर उपस्थित होने की कला सीख जाता है।

आज उसने एक पुस्तक उठाई। नाम था - 'अशांति से दूर शांतिदूत बनने की कला' उसमें अहंकार के बारे में बताया गया था। उसने पढ़ना प्रारंभ किया - **'मोहन सिंह नाम के एक इंसान को देर रात एक सपना आया और कुछ ध्वनियाँ सुनाई दीं। वह नींद से जाग उठा और लालटेन लेकर अपने घर के तहखाने में जा पहुँचा। तहखाने के एक कोने से उसे कुछ कागज़ातों की हवा के कारण ध्वनि सुनाई पड़ी। आज तक उस कोने पर उसकी नज़र कभी नहीं पड़ी थी। छानबीन करने के बाद उसे कुछ पुराने कागज़ात मिले। उसने पहला कागज़ उठाकर देखा, तो वह किसी ज़मीन या घर की मालकियत का दस्तावेज़ था।**

उस पहले दस्तावेज़ में लिखा था, 'चंदू सिंह की ज़मीन वास्तव में मोहन सिंह के नाम पर है।' यह पढ़कर मोहन सिंह बहुत खुश हुआ। उसने सोचा, 'अरे वाह!

यह तो मुझे मालूम ही नहीं था, लेकिन यह दस्तावेज़ मेरी मालकियत का सबूत है।'

मोहन सिंह ने दूसरा दस्तावेज़ खोलकर देखा तो उसमें लिखा था कि 'सूरज सिंह की जो ज़मीन है, वह मोहन सिंह की है।' यह पढ़कर तो वह उछल पड़ा। कहने लगा, 'अरे! यह तो चमत्कार हो गया, मेरी तो किस्मत खुल गई। यह ज़मीन भी मेरी हो गई। आज तो जश्न मनाना चाहिए... दिवाली मनानी चाहिए...।'

जब उसने तीसरा दस्तावेज़ देखा तो देखते ही रह गया। उसमें लिखा था कि 'कल्लू सिंह की ज़मीन मोहन सिंह की है।' अब तो मोहन सिंह खुशी से झूम उठा, 'अरे! कल्लू किसान की ज़मीन भी मेरे नाम पर है... उसका इतना बड़ा खेत मेरे नाम पर है... चंगे, चंगे... बल्ले, बल्ले...।'

फिर उसने अगला दस्तावेज़ देखा, 'भूरालाल की हवेलीवाली ज़मीन मोहन सिंह की है।' अब तो उसे अपनी खुशी को सँभालना मुश्किल हो गया।

मोहन सिंह एक-एक करके दस्तावेज खोलता जा रहा था और जानता जा रहा था कि यह भी उसके नाम पर है... वह भी उसके नाम पर है...। ज़मीन के कागज़ात उसकी मालकियत पर ठप्पा लगा रहे थे। उसके नाम तो करोड़ों की संपत्ति हो गई। खुशी से पागल होकर वह चिल्लाने लगा, 'यह भी मेरा... वह भी मेरा... सब कुछ मेरा...।'

अचानक उसे विचार आया, 'इतना सब मेरा कैसे? यह जो सारी ज़मीन मोहन सिंह के नाम लिखी है, क्या मैं वही हूँ? ये मोहन सिंह वास्तव में है कौन? अगर मेरा नाम ही मोहन सिंह है और इतनी सारी ज़मीन-जायदाद मेरे नाम पर है, तो इसे मैं अकेले सँभालूँगा कैसे? आज जो लोग इस जायदाद को सँभाल रहे हैं, भविष्य में उनका क्या होगा? इतनी सारी जायदाद का मैं क्या करूँगा?'

इस प्रकार मोहन सिंह ने स्वयं से पूछताछ प्रारंभ कर दी। उससे सारा तहखाना प्रकाशित हो गया।

पूछताछ करने पर मोहन सिंह को यह बात समझ में आई कि 'सब कुछ मेरा है, मगर मेरा कुछ नहीं है। इसलिए जो ज़मीन जिसके पास है, उसी के पास रहे। मैं उनसे लेकर रखूँगा कहाँ? अकेले सारी ज़मीन की देखभाल कैसे करूँगा? ज़मीन जहाँ भी होगी, आखिर होगी मेरी ही। इसलिए जहाँ है, वहाँ रहे और जो उसे पहले सँभाल रहा है, वहीं उसे आगे भी सँभालता रहे।' अब 'सब कुछ मेरा है', यह समझ पाकर मोहन सिंह गाँव में बड़ी शान से टहलने लगा।

उपरोक्त उदाहरण से समझें कि जैसे-जैसे मोहन सिंह को ज़मीन की

मालकियत की सूचना मिलती गई, वैसे-वैसे उसका अहंकार बढ़ता गया। लेकिन जब उसने अपनी पूछताछ की तो अहंकार विलीन हो गया। आप भी अपने जीवन में देखें कि कब-कब आपका अहंकार बढ़ता है। जहाँ भी आप अहंकार का दर्शन करें, तब समझें कि हमारी उपस्थिति सही नहीं है। अहंकार विलीन होगा तो ही शुद्ध उपस्थिति बढ़ेगी। इसलिए अहंकार को तराशना है।

लोग जीवन में पद, पैसा, नाम, प्रसिद्धि, सुख-सुविधा की शक्ति चाहते हैं। किसी नेता से पहचान हो ताकि सिफारिश से सारे काम हो जाएँ। शक्ति की उपस्थिति के कारण लोग अहंकार में फँस जाते हैं। वे शक्ति और सिद्धि में अधिक रुचि रखते हैं मगर इन्हीं बातों से अहंकार की पुष्टि होती है।'

इतना पढ़ते-पढ़ते वह सोच में डूब गया। कितनी अच्छी बात लिखी है इस पुस्तक में। सच में अहंकार ही तो है, जो हमें बहकाता है। तब हम, हम नहीं रहते बल्कि कुछ और हो जाते हैं। हमें केवल अपना स्वार्थ दिखाई देता है। हर दूसरा इंसान गलत लगता है। तो यह सब कुछ इसी अहंकार की देन है। वह सोच ही रहा था कि जेल में खाने के लिए घंटी बज गई। आनंद की विचार-तंद्रा टूट गई।

खाने के बाद जब वह अपने कमरे में गया, तो उसने पुन: पुस्तक पढ़ना आरंभ किया।

लिखा था – 'ईश्वर की उपस्थिति में ही सारे चमत्कार होते हैं। विश्व में जो भी चमत्कार होते हैं, उसी निराकार की उपस्थिति में होते हैं। इस बात को न समझनेवाले लोग कहते हैं, 'मेरे जीवन में धन की कमी है... मुझे नौकरी नहीं लग रही है... मैंने तो ईश्वर से कोई गलत प्रार्थना नहीं की... मैं तो अच्छी प्रार्थना करता हूँ... फिर भी ईश्वर ने मेरे साथ ऐसा किया... वैसा किया...।'

आनंद को लगा कि जैसे उस पुस्तक में उसके बारे में ही लिखा गया हो। वह भी तो ऐसा ही सोचता रहा है। तो क्या वह आज तक गलत सोचता रहा है? उसकी जिज्ञासा बढ़ गई। उसने आगे पढ़ना प्रारंभ किया।

'असलियत यह है कि ईश्वर कुछ करता नहीं है, वह केवल उपस्थित होता है। इस बात को गहराई से समझना होगा, तो ही आप उसकी उपस्थिति महसूस कर पाएँगे। वरना बिना समझे इंसान केवल प्रार्थना करता जाता है और पूरी न होने पर दु:ख के आँसू बहाता है, जैसे –

एक इंसान ने ईश्वर से प्रार्थना की और ईश्वर ने उसे दर्शन दिया। फिर उसने ईश्वर से पूछा, 'अपने बारे में कुछ बताओ। आपका समय कैसा चल रहा है?' ईश्वर

ने कहा, 'मेरा एक मिनट आपके हज़ारों सालों के बराबर है।' तो इंसान ने कहा, 'अच्छा ऐसा है और फिर हमारा एक करोड़ रुपया?' तो ईश्वर ने कहा, 'मेरे एक पैसे के बराबर है।' इस जवाब से इंसान बहुत खुश हो गया और बोला, 'फिर मुझे आपका एक पैसा दे दो ना।' इस पर ईश्वर ने कहा, 'अवश्य, किंतु एक मिनट के बाद।'

उपरोक्त मज़ेदार उदाहरण में इंसान ईश्वर को भी अपने जैसा ही एक सीमित इंसान समझता है, जबकि ईश्वर असीमित है, वह पूर्ण है, मानव की भाँति अपूर्ण नहीं। इसलिए यदि ईश्वर को समझना है तो पूरी तरह से समझना होगा वरना इंसान जीवनभर केवल इंतजार ही करता रहेगा। यदि हम ईश्वर का पैमाना समझ पाएँ, तो उपस्थिति की शक्ति का जीवन में सही उपयोग कर पाएँगे।

ईश्वर खुद अपने हाथ से कुछ देता नहीं है, उसकी उपस्थिति ही वह काम कर देती है। असल में ईश्वर की उपस्थिति में सारी घटनाएँ होती रहती हैं। जब भी यह उपस्थिति विचलित होती है, तब आपको तुरंत संकेत मिलता है। जैसे सूरज के सामने बादल आए, तो सूरज ढक जाता है, वैसे ही नकारात्मक विचार आए, तो ईश्वर की उपस्थिति धुँधली हो जाती है। तब आपके अंदर नकारात्मक भाव बढ़ने लगते हैं। आपको ईश्वर की उपस्थिति का एहसास कम और कम होता चला जाता है। अत: हमें सकारात्मक विचार की ओर मुड़ना चाहिए ताकि ईश्वर की उपस्थिति कभी भी धुँधली न हो।'

पुन: आनंद को महसूस हुआ कि जैसे पुस्तक उसी के लिए लिखी गई है। पुस्तक की एक-एक बात में उसे अपने जीवन की झलक दिखाई दे रही थी। संभव है कि इसी कारण उसमें नकारात्मक भाव बढ़े थे क्योंकि ईश्वर की उपस्थिति धुँधली हो गई थी। वह पुस्तक पढ़ते समय विचार करता जा रहा था। उसने फिर पढ़ना शुरू किया।

'इंसान निरंतर किसी न किसी बात पर शिकायत करता रहता है, जैसे इसे ऐसा करना चाहिए... उसे वैसा करना चाहिए... आज बारिश नहीं होती तो अच्छा होता... दिन में ठण्ड नहीं होती तो अच्छा होता... इस प्रकार उसकी अनगिनत शिकायतें चलती रहती हैं। ऐसे समय में मन नकारात्मक भावना से भर जाता है और आप बुरा महसूस करते हैं। इसका अर्थ उस समय आप ईश्वर से कह रहे हैं, 'यहाँ से चले जाओ। तुम्हारी आवश्यकता नहीं है।' तब ईश्वर की उपस्थिति अत्यधिक धुँधली हो जाती है। हमें समझने की आवश्यकता है कि जो कुछ भी हमारे जीवन में हो रहा है, वह ईश्वर की उपस्थिति से ही हो रहा है और दिखाई भी दे रहा है। शिकायत करके तो आप उसे अपनी जगह से हिलाते हैं। इसलिए जब भी मन में नकारात्मक भावना

उठे तब सजगता से ईश्वर से कहें, 'वेलकम गॉड, आप वापस अपने स्थान पर आ जाएँ। आपकी उपस्थिति ही मेरी शक्ति है।'

शिकायत बंद हो जाने पर उसके स्थान पर अच्छी भावना आ जाती है अर्थात् ईश्वर अपनी जगह पर आ जाते हैं। यदि आपका जीवन ही शिकायतशून्य हो जाए, तो उपस्थिति की शक्ति स्वत: ही बढ़ जाएगी। इससे आपके जीवन में ईश्वर की उपस्थिति काम करना शुरू कर देगी। फिर आप जो भी नया कार्य शुरू करेंगे, उसमें आपका मन पूरी तरह से साफ होगा, शिकायतशून्य होगा।

उपस्थिति की शक्ति आपको शून्य (अपने होने के) अनुभव की ओर लेकर जाती है। फिर आपके मन से जो भी विचार निकलेगा, वह शुद्ध होगा।'

आनंद को अच्छा महसूस हो रहा था। उसे उन किताबों को पढ़ने में आनंद आने लगा था। वह एक-एक कर उन किताबों को पढ़ने लगा। अब उसका समय कुछ ऐसे ही व्यतीत होने लगा। अधिकतर समय वह उन किताबों को पढ़ता था और साथ ही अपने साथियों के प्रश्नों के उत्तर भी दिया करता था, जो उससे पूछे जाते थे। समय तेज़ी से बीत रहा था। उसकी सज़ा अब समाप्त होनेवाली थी और वह बड़ी उत्सुकता से अगले महीने की प्रतीक्षा कर रहा था। उसी समय विवेक उससे मिलने आया।

'कैसे हो आनंद?' विवेक ने पूछा।

'बहुत बढ़िया। उन पुस्तकों के लिए दिल से आभार। जानते हो, उन्हें पढ़कर बहुत अच्छा महसूस कर रहा हूँ। इससे पहले मैंने कभी कोशिश ही नहीं की थी कि कुछ पढ़ूँ और समझूँ। अब दिल करता है कि पढ़ता रहूँ। समझता रहूँ कि आखिर जीवन क्या है? थैंक्स मित्र।'

'अरे, इसमें थैंक्स की क्या बात है। तुम्हें और पुस्तकें चाहिए, तो लाकर देता हूँ।'

'नहीं, नहीं अब नहीं। अब इन्हें ही एक बार फिर से पढ़ूँगा। उन विचारों को समझने का प्रयास करूँगा। उन पर मनन करूँगा, मंथन करूँगा। आज तक मनन-मंथन नहीं किया इसलिए बहुत सी बातें समझ नहीं पाया। फिर एक महीने बाद तो बाहर आना ही है।' आनंद ने कहा। इस पर विवेक खुशी से उछल पड़ा।

'अरे, तुमने तो खुश कर दिया मित्र। तुम्हारी सज़ा अब एक महीने में पूरी होगी। यह तो बड़ी खुशी की बात है। फिर तो मुझे अपना कार्यक्रम रोकना पड़ेगा।'

'कैसा कार्यक्रम?'

'वैसे कोई बड़ी बात नहीं है। दरअसल इसी महीने के अंत में मेरी शादी की तारीख निकली है। यही खुश-खबर देने आया था। तुमने तो एक और खुश खबर दे दी। लेकिन अब तुम्हारे बाहर आने के बाद ही मैं शादी करूँगा। मैं आज ही पंडितजी से कहकर शादी की दूसरी तारीख निकलवाता हूँ, जो एक महीने बाद की हो।'

आनंद को अपने कानों पर यकीन न हुआ। वह खुश हुआ और बोला, 'क्या यह बड़ी बात नहीं है! यह क्या कह रहे हो! यह तो बहुत बड़ी बात है। तुम्हारे जीवन का एक अहम् मोड़ है।'

'तुम्हारी बात सही है लेकिन अब तुम्हारी उपस्थिति में ही मेरी शादी होगी।'

'ऐसा मत करो विवेक! जब सब-कुछ ठीक हो गया है, तो शादी उसी तारीख पर कर लो। वैसे भी मुझे वहाँ कोई पसंद नहीं करेगा। अच्छा ये बातें छोड़ो और पहले यह बताओ कि तुमने इतनी बड़ी बात मुझसे छिपाकर क्यों रखी थी?'

'नहीं मित्र, भला मैं तुमसे यह बात क्यों छिपाऊँगा! असल में सब-कुछ जल्दी में हो गया। पिताजी ने अभी एक सप्ताह पहले ही लड़की की तस्वीर दिखाई। मैंने भी हाँ कर दी। लेकिन तुम ऐसा मत कहो। तुम मेरे मित्र हो। तुम्हारी उपस्थिति मेरी शादी में अवश्य होगी। अभी तक तो मैं सोच रहा था कि तुम्हारी रिहाई अभी नहीं होगी, लेकिन जब वह अगले महीने ही है, तो मैं इंतजार कर सकता हूँ।' विवेक ने दृढ़ता से कहा।

'हाँ, मेरे अच्छे बरताव को देखकर मेरी सज़ा घटा दी गई है, नहीं तो अभी एक वर्ष और रहना था, लेकिन तुम ऐसा मत करो विवेक। मेरा भूतकाल मेरे पीछे रहेगा। इसे लोगों के मन से निकाल देना आसान नहीं है। कहीं ऐसा न हो कि मेरे कारण तुम्हारी शादी में कुछ बाधा आए? इसलिए हठ छोड़ दो और उसी दिन शादी करो, जिस दिन तय है। यह मेरा हठ नहीं बल्कि सुझाव है।' आनंद ने बड़ी गंभीरता से कहा।

विवेक प्रसन्न था कि उसका मित्र पूरी तरह से बदल चुका था। वह उसका पुराना हठीला, गर्वीला, गुस्सेवाला मित्र नहीं था। उसने कहा, 'मित्र भी कहते हो और मुझसे इतना बड़ा अवसर भी छोड़ देने के लिए कहते हो। अब मेरी शादी तुम्हारी रिहाई के बाद ही होगी। यह मेरा प्रण है।'

आनंद विवेक को समझा न सका। विवेक ने निर्णय ले लिया था।

उदासीन उत्साह की शक्ति एक ऐसी उदासीनता है, जो उत्साह से उत्पन्न होती है। यह वह उत्साह है, जिसमें मानव का ध्यान केवल कर्म पर होता है। इस बात को समझने के लिए केवल एक सूत्र को हृदय में उतारना है कि कर्म में उत्साह रहे, लेकिन इसके फल के मोह में उदासीनता रहे। यह अनासक्ति की शक्ति है, जो मानव को भोगी से योगी बनाने की शक्ति रखती है।

अध्याय सात

आनंद की रिहाई के दिन, उसका मित्र विवेक प्रात:काल ही मंदिर होकर आया और प्रसाद भी लेकर आया। उसने आते ही आनंद को प्रसाद दिया और गले लगा लिया। आनंद भी भावविभोर होकर उससे गले मिला। उसे इस बात की खुशी थी कि विवेक उसका सच्चा मित्र था। ऐसा मित्र किसी को भी मिलना कठिन ही होता है। वह स्वयं को भाग्यशाली मानने लगा था।

'चलो आनंद, घर चलो।' विवेक ने प्रेम से कहा।

'घर! यह तो कभी सोचा ही नहीं था। अब घर की तलाश भी करनी होगी।' चिंतित होकर आनंद ने कहा।

'तलाश की क्या आवश्यकता है? तुम मेरे घर में रह सकते हो।'

'नहीं विवेक, यह उचित नहीं होगा। तुम्हारे घरवाले बेवजह परेशान होंगे। हो सकता है वे मुझे स्वीकार भी न करें।' आनंद ने आशंका जताई।

'कुछ नहीं होगा। मेरे घरवाले जानते हैं कि तुम मेरे घनिष्ठ मित्र हो।'

'लेकिन मुझे घर की तलाश तो करनी ही होगी। हमेशा के लिए तुम्हारे साथ तो नहीं रह सकता।' आनंद ने मंद स्वर में कहा।

'बिलकुल, लेकिन अभी के लिए तो चल ही सकते हो। कम से कम जब तक तुम्हें कोई ठिकाना न मिल जाए। बस, अब सोचो नहीं। कुछ दिनों में हम मिलकर कोई न कोई ठिकाना ढूँढ़ लेंगे', विवेक ने कहा। आनंद को और कोई चारा नहीं दिखा। वह बस चल पड़ा।

विवेक का घर बड़ा नहीं था। मध्यमवर्गीय परिवार की तरह, दो कमरों का मकान था। एक में माता-पिता रहते थे और दूसरे में खुद विवेक। बहन की शादी हो गई थी तो वह अपने सुसराल में थी। विवेक सीधे उसे अपने कमरे में ले गया क्योंकि

उसके माता-पिता आनंद से उसकी दोस्ती अच्छी नहीं मानते थे। आनंद इस बात को जानता था इसलिए उसने भी कुछ नहीं कहा, लेकिन घर में उनसे तो मुलाकात होगी ही और तब क्या होगा? यह सोचकर वह परेशान हो रहा था। उसकी भी विवशता थी कि जब तक उसे कोई ठिकाना नहीं मिल जाता, उसे वहीं रहना था। अब रहना था तो समझौता करना ही था।

घर पहुँचते ही विवेक ने आनंद से कहा, 'तुम मेरे कमरे में आराम कर लो। मैं नहाकर आता हूँ।'

आनंद ने अपनी बैग बिस्तर पर रखी और उसे खाली करने लगा। थोड़ी ही देर में विवेक के माता-पिता ने दरवाजा खटखटाया। आनंद ने दरवाजा खोला और तुरंत चाचाजी का आर्शीवाद लेने के लिए झुका, परंतु उन्होंने अपने पैर खींच लिए। आनंद ने विवेक की माता जी के पाँव छुए और बोला, 'चाची जी, बस एक दो दिन की बात है। ठिकाना मिलते ही चला जाऊँगा।'

विवेक के पिता बनवारी लाल तुरंत बोल पड़े, 'चले तो जाओगे, लेकिन हमारी इज्जत मिट्टी में मिलाने के बाद। पता नहीं तुमने विवेक पर क्या जादू कर रखा है, जो तुम्हें अपना भाई मानता है। चोर-उचक्कों को कोई भाई मानता है क्या?'

'जी, चाचा जी, मैं आज ही चला जाता हूँ। आप क्रोधित न हों।' आनंद ने बिना किसी भाव के कहा, जैसे वह इसके लिए पहले से ही तैयार था।

'तो क्या कुछ एहसान करोगे?' बनवारी लाल का स्वर रुष्ट था।

आनंद सीधे विवेक के कमरे में गया और जाने की तैयारी करने लगा। इस बीच विवेक भी स्नान करके आ गया।

आनंद ने कहा, 'चलो मैं चलता हूँ। कोई ठिकाना ढूँढ़ लेता हूँ।'

'अरे! यह क्या बात हुई? अभी तो आए हो, क्या जल्दी है? मैं भी तुम्हारे साथ चलूँगा। हम मिलकर ढूँढ़ेंगे।' विवेक ने कहा।

'अरे नहीं, नहीं। तुम अपने दफ्तर जाओ। मैं कुछ न कुछ बंदोबस्त कर लूँगा।' आनंद ने सामान रखते हुए कहा।

'किसी ने तुमसे कुछ कहा क्या? ज़रूर पिताजी ने कुछ कहा होगा!' विवेक ने झुँझलाते हुए कहा।

'वे ठीक ही तो कह रहे हैं।' आनंद ने समझाते हुए कहा।

'क्या ठीक है? तुम इसमें मत पड़ो। मैं उन्हें समझा दूँगा।' विवेक ने कपड़े बदलते हुए कहा।

'बात ऐसी है विवेक कि इंसान का अनुभव भूत पर निर्भर करता है, भविष्य या वर्तमान पर नहीं। उनका अनुभव मेरे पहले के जीवन का है और इसी कारण उनमें रोश है। जब वे मेरे वर्तमान को जान जाएँगे, तब उनका अनुभव बदल जाएगा। तब तक हमें प्रतीक्षा करनी होगी। इसीलिए अभी मेरी बात मानो और मुझे जाने दो। बिना कारण मनमुटाव का वातावरण अच्छा नहीं होता। ऊपर से तुम्हारी शादी की भी तैयारी है। अनावश्यक बाधा क्यों उत्पन्न करना चाहते हो?' आनंद ने अपने तर्क देकर विवेक को मना लिया। लेकिन विवेक इस बात के लिए राजी नहीं हुआ कि वह अकेले ही ठिकाने की खोज में जाना चाहता था।

दोनों घर से निकल पड़े और पूरा दिन घूमते रहे। बड़ी मुश्किल से एक कमरे का मकान मिल गया। खाने आदि की व्यवस्था भी बाहर करनी थी। लेकिन आनंद खुश था। उसे एक ठिकाना मिल गया था। अब उसे कुछ काम ढूँढ़ना था ताकि गुज़ारा हो सके। अभी तो विवेक ने कुछ पैसे दे दिए थे और जेल से भी कुछ पैसे उसे मिल गए थे, लेकिन उसे पता था कि जल्दी ही कोई नौकरी करनी होगी।

अचानक ही आनंद को ऐसा अनुभव होने लगा कि जीवन की व्यवहारिकता उसके सामने खड़ी हो गई है और उसके आगे सत्य का ज्ञान कम पड़ रहा है। उसके पास नौकरी नहीं थी तो ज़ाहिर है कि पैसों की तंगी थी। उसे जीवन सहसा कठिन प्रतीत होने लगा। उसने बहुत प्रयास किया, लेकिन नौकरी नहीं मिली। कभी उसके अतीत का भूत सामने आ जाता था, तो कभी उसकी योग्यता की कमी और कभी सिफारिश न होना। उसने अपनी ओर से पूरा बल लगा दिया, लेकिन परिणाम नकारात्मक ही रहा। ऐसे अनुभव मानव को हमेशा ही तोड़ देते हैं। वह भी टूटने लगा। उसे प्रतीत होने लगा कि सभी पढ़ाई, सभी आदर्श कोरे हैं। उनका जीवन-यापन में उपयोग नहीं है। जीवन का सच अलग है। आनंद फिर भटकने लगा।

विवेक की शादीवाले दिन बनवारी लाल ने उसे मंडप पर आने नहीं दिया। ऐसी-ऐसी जली-कटी बातें सुनाईं कि उससे सहन न हुआ। सभी बाहरवालों के सामने उसे चोर, अपहरणकर्ता आदि कहकर उसके जीवन की आस को एक बड़ा झटका दिया। विवेक के विरोध के बाद भी वह रुक न सका। उस दिन उसे प्रतीत हुआ कि उसकी सामाजिक उपस्थिति ज़रूरी नहीं है। वह इस समाज का प्राणी नहीं है। तब उसकी इच्छा हुई कि कहीं भाग जाए, किसी जंगल में जाकर रहने लगे। कहीं ऐसी

जगह चला जाए, जहाँ उसे कोई जानता न हो, उसे पहचानता न हो, उसके पिछले जीवन के बारे में किसी को कुछ पता न हो। वह पुन: अपने जीवन को कोसने लगा। उस दिन तो वह नदी किनारे बैठा रहा और अपने जीवन की अनिश्चितता पर विचार करता रहा, लेकिन उसके दो दिन बाद ही शहर में फिरौती के लिए अपहरण की एक वारदात हो गई। बस फिर क्या था, पुलिस उसे पकड़कर ले गई। वह कहता रहा कि उसका इस घटना से कोई संबंध नहीं है, वह सुधर गया है लेकिन पुलिस विश्वास करने को तैयार न थी। वह लाख समझाता रहा, लेकिन उसकी किसी ने न सुनी। पूछताछ की गई, उसे अच्छी-खासी मार भी पड़ी। मार भी बड़ी गहरी, जो उसके मन को तोड़ गई कि जो उसने नहीं किया, उसकी सज़ा उसे क्यों मिली? वह परेशान हो उठा। कलंक उसका पीछा कर रहा था। उसका अतीत उसके सामने सजीव हो उठा था। उसके कर्म के फल उसके सामने थे, लेकिन मानव इस प्रकार नहीं सोचता। वह कभी स्वयं को दोषी नहीं मानता। उसने न चाहते हुए भी सारा दोष ईश्वर पर मढ़ दिया।

मकान-मालिक ने भी आनंद को घर से निकाल दिया, वह सड़कों और फुटपाथों पर भटकने लगा। खाने के लिए जब पुन: चोरी करनी पड़ी तब वह शोक में डूब गया। शोकग्रस्त होते ही पुन: बुरी संगत में पड़ गया। उसने शराब पीनी शुरू की। वहाँ उसकी अवस्था से गुज़र रहे लोग उसे मिल गए। फिर क्या था, वह बुरी संगत में पड़ गया। कहते हैं कि इंसान बुराई की ओर बड़ी आसानी से भागता है। बुराई की शक्ति का आकर्षण बड़ा तीव्र होता है। आनंद के साथ भी वही हुआ। परिस्थितियाँ उसके विपरीत थीं, उसने मजबूरी में आकर बुराई का दामन पकड़ लिया। ऐसा इसलिए भी हुआ कि वह एक बार फिर से टूट चुका था। उसके विचार पुन: नकारात्मक दिशा की ओर अग्रसर हो चले थे। ऐसे में उसने पुन: स्वयं को ईश्वर का विरोधी पाया क्योंकि एक बार फिर उसे लगने लगा कि ईश्वर ने उसकी कोई मदद न की।

एक दिन विवेक शराबखाने के बाहर उसकी प्रतीक्षा कर रहा था। उसे बलात् अपने साथ लेकर नदी के किनारे चला गया और बोला, 'मित्र, तुम एक बार फिर से एक अस्थायी निदान तलाशने का प्रयास कर रहे हो। यह उचित नहीं है। जैसे सिरदर्द है तो गोली खा ली, खाँसी है तो दवा ले ली। इससे आदत पड़ जाती है, फिर एक समय ऐसा आता है, जब उस दवा का असर भी कम होने लगता है और ऊपर से उसके अनेक बुरे परिणाम भी शरीर को खराब कर देते हैं। थोड़े समय की राहत में मत पड़ो, इसका परिणाम केवल नकारात्मक ही होगा।'

'कुछ समझ में नहीं आ रहा विवेक। जीवन सरल नहीं है। मैं बदलना चाहता था, बदल भी रहा था लेकिन समाज मुझे बदलने नहीं देना चाहता है। इसमें मेरा क्या दोष है?' आनंद का प्रश्न जायज़ था।

'सही कहा तुमने कि कठिनाइयाँ हैं और होती हैं, लेकिन इससे हार जाने को जीवन नहीं कहते। तुम्हें लड़ना होगा। स्वयं को वृत्तियों के हवाले मत करो। सोचो, तुम क्या थे? अब क्या हो? फिर क्या हो जाओगे?' विवेक चिंतित था।

'तो मुझे क्या करना चाहिए, अब तुम्हीं बताओ? तुमने भी प्रयास कर लिया। मुझे कोई काम नहीं देगा। घर नहीं है। धन नहीं है। फिर जीवन कैसे चलेगा?' आनंद रुआँसा था।

'एक उपाय है। तुम एक बार जाकर ज्ञानेश देवजी से मिलो। मैं नहीं चाहता कि मेरा मित्र, फिर से जीवन को जीने से इनकार करे।' विवेक ने दृढ़ आवाज़ में कहा।

आनंद सोचने लगा और बोला, 'तुम्हारी बात समझ में आ रही है, लेकिन मैं क्या करूँ। मेरा अतीत मेरा पीछा नहीं छोड़ रहा और लोग मुझे दुत्कार देते हैं। पुलिस को भी लगता है कि मैं अभी भी अपराधी हूँ। कुछ भी सकारात्मक नहीं है जीवन में। मैं पूरी तरह से टूट गया हूँ। शराब का नशा मुझे दुःख भुलाने में मदद करता है, चाहे वह कुछ समय के लिए ही क्यों न हो। तुम्हीं बताओ मैं क्या करूँ? जीवन जीने का कोई उपाय नहीं सूझ रहा, तो आखिर मेरे लिए रास्ता ही क्या बचा है?'

'रास्ता है, तभी तो कह रहा हूँ। चलो, मैं कल छुट्टी लेता हूँ और हम दोनों ही ज्ञानेश देवजी से मिलने चलते हैं।'

उसने सोचा कि 'चलो एक बार यह भी आजमा लेते हैं।'

दूसरे दिन वे दोनों ज्ञानेश देवजी के पास गए। दोनों ने उन्हें प्रणाम किया और आपबीती सुनाई। साथ ही अपनी व्यथा भी बताई।

ज्ञानेश देवजी बोले, 'पुत्र, पलायन सबसे आसान तरीका है। यह हर इंसान की कमज़ोरी होती है। 'अब क्या होगा?' 'मेरा जीवन कठिन है।' 'मुझे कोई प्रेम नहीं करता।' 'मैं इस दुनिया में अकेला हूँ।' ये सारी सोच इंसान को पलायनवादी बना देती है। एक कहानी सुनो, जिससे तुम्हारा यह पलायनवादी विचार नष्ट हो जाएगा।

शेर सिंह नाम का एक इंसान था। वह स्वयं को 'लायन' समझता था, लेकिन उसकी एक बड़ी कमज़ोरी थी। वह नाखूनों पर नेलपॉलिश देखकर परेशान हो जाता था। उसने पलायन सिंह नामक एक इंसान से मित्रता कर

ली। उस मित्र ने उससे कहा, 'तुम्हारी परेशानी तो और बढ़नेवाली है। अब फैशन बदल रहा है। न केवल लड़कियाँ अब तो लड़के भी नेलपॉलिश लगाने लगे हैं। ऐसा करो मैं तुम्हारे लिए एक चश्मा बनवा देता हूँ। उससे तुम्हारी समस्या दूर हो जाएगी।'

पलायन सिंह ने उसे एक चश्मा बनवा दिया, जिससे रंग साफ नहीं दिखाई देते थे। तब शेर सिंह को तत्काल लाभ हुआ। उसे नेलपॉलिश के रंग धुँधले दिखने लगे और उसकी परेशानी कम हो गई। लेकिन उसने समस्या का सामना नहीं किया और अस्थायी समाधान की ओर गया। जिस प्रकार हम छोटी-छोटी बीमारी में भी दवा लेकर तत्काल छुटकारा पाना चाहते हैं और उन दवाइयों का बुरा परिणाम हमारे शरीर को भुगतना पड़ता है, वैसे ही शेर सिंह को भी करना पड़ा। वह दिनभर चश्मा लगाकर रखता था। रात के समय जब सोने की तैयारी करता तो अपना चश्मा उतारता था, लेकिन उसके बाद उसकी आँखें बंद नहीं होती थीं। वह पूरी रात जागता रहता था। अब अस्थायी समाधान ने एक नई समस्या खड़ी कर दी थी। वह परेशान रहने लगा। यह तो पुरानी दिक्कत से भी बड़ी दिक्कत आ गई थी।

उसने अपने मित्र पलायन सिंह से बात की तो उसने कहा, 'लगता है कि चश्मा बदलवाना पड़ेगा।' उसने चश्मेवाले के पास उसे भेज दिया। चश्मेवाले ने कहा कि 'यह चश्मा तो महाबलेश्वर के कारखाने में बनता है, तुम वहीं जाओ।' शेर सिंह महाबलेश्वर के कारखाने गया। कारखाने के मालिक ने उसे कुछ दिन वहीं रहने को कहा ताकि उसका रोग दूर किया जा सके। वह वहीं रहने लगा। एक दिन उसे सूर्यास्त देखने के लिए भेजा गया और कहा गया कि शाम होने तक इसी जगह एक पुस्तक पढ़ो और पूछताछ के द्वारा आत्म-निरीक्षण करो। शाम के समय जब तक सूरज डूब नहीं जाता, तब तक आसमान को देखते रहो।

शेर सिंह को अब पता चला कि उसकी समस्या से कतराने की आदत थी। इसी कारण से उसे रोग था और वह बढ़ता गया था। शाम को आसमान में देखने से उसे अलग-अलग रंग देखने और रंगों की तीव्रता सहने की आदत पड़ गई। उसकी समस्या का समाधान हो गया, पलायन मत करो और सामना करो। जीवन में संघर्ष से भागना नहीं चाहिए।'

आनंद और विवेक दोनों ही समझ रहे थे कि ज्ञानेश देवजी का संकेत किस ओर था।

ज्ञानेश देवजी ने कहना जारी रखा, यही गीता का संदेश भी है। युद्धभूमि में अर्जुन ने श्रीकृष्ण से कहा, 'हे माधव, मुझे कुरुक्षेत्र के मैदान के बीचों-बीच ले चलिए ताकि मैं देख सकूँ कि रणभूमि में कौन-कौन से लोग हैं और कैसे-कैसे योद्धा आए हैं?'

अर्जुन की प्रार्थना पर श्रीकृष्ण रथ को दोनों सेनाओं के बीच में लेकर गए। अर्जुन ने दोनों पक्षों की सेनाओं को देखा तो उसे अपने मित्र, संबंधी, गुरुजन आदि खड़े दिखाई पड़े। उसके हाथ से धनुष छूटकर नीचे गिर गया। अर्जुन ने श्रीकृष्ण से कहा, 'अपने संबंधियों से युद्ध के बारे में सोचकर मेरा शरीर काँप रहा है। मैं इन पर शस्त्र नहीं उठा सकता। कृपया तुरंत ही मुझे युद्धभूमि से बाहर ले चलिए।' यही पलायन की प्रवृत्ति थी और इसी कारण श्रीकृष्ण ने संवाद के रूप में अर्जुन को 'भगवद् गीता' बताई। तब अर्जुन पलायन से विमुख हुआ और उसने स्वयं से साक्षात्कार किया।

गीता केवल एक ग्रंथ नहीं है बल्कि जीवन में आगे बढ़ने का उपकरण है। तब श्रीकृष्ण ने अर्जुन से कहा था, 'न दीनता दिखानी है और न ही पलायन करना है।' अर्थात् आगे बढ़ना है, घबराना नहीं है और पीछे भी लौटना नहीं है।

ज्ञानेश देवजी ने ऐसा कहकर आनंद के मन को टटोला तो आनंद सोचने लगा कि 'वह ऐसा क्यों कर रहा था?' फिर उसने ज्ञानेश देवजी से पूछा, 'मगर जीवन कैसे चले? कुछ काम नहीं, कुछ समाधान नहीं। आपकी बातें स्पष्ट हैं, किंतु व्यवहार में इसे कैसे लाएँ? आज मुझे नौकरी की सख्त ज़रूरत है, लेकिन वह नहीं मिल रही है, इसी कारण पलायन का रास्ता ही अपनाना पड़ेगा।'

'पलायन किसी समस्या का हल नहीं है, पुत्र। यदि तुम्हें महसूस होता है कि कोई नौकरी, कोई ठिकाना ही तुम्हें पलायन से रोक सकता है, तो चलो मैं तुम्हारी मदद करता हूँ। यहीं शहर के बाहर ही एक मंदिर है। उस मंदिर के पुजारी से मेरी जान-पहचान है। तुम उनके साथ रहो। वे नेक इंसान हैं। तुम्हारी यह समस्या दूर हो जाएगी। साथ ही तुम जिस वस्तु की तलाश में हो वह भी तुम्हें वहीं प्राप्त होगी।'

'आपको कैसे पता कि मुझे किसी वस्तु की तलाश है?' आनंद ने आश्चर्य से पूछा।

'यह न पूछो तो ही अच्छा। समझो कि यह उनकी ही लीला है। सब-कुछ वे ही करते हैं और हम सभी तो माध्यम भर हैं।' ज्ञानेश देवजी ने प्रेम से आनंद के सिर पर हाथ फेरा तो आनंद को लगा कि इतना स्नेह उसे कभी न मिला था। उसका जीवन इनके चरण में बीते तो कितना सुंदर होगा।

देवताओं और दानवों ने जब समुद्र मंथन किया,
तब समुद्र में से चौहद रत्न निकले।
सबसे पहले कालकूट विष बाहर आया, फिर कामधेनू गाय,
उच्च अश्व, ऐरावत हाथी, कौस्तुभ मणि, कल्पवृक्ष, रंभा,
लक्ष्मी देवी, वारूणी देवी, चाँद, पारिजात वृक्ष,
पंच जन्य शंख, श्री धनवंतरी और अमृतकलश।
यह मंथन हमारे जीवन का मंथन है।
इसमें निकले हर रत्न का गहरा अर्थ है।
हमारे भीतर के दैव और दैत्य रूपी विचारों में से,
हम किसे कौन सा रत्न देते हैं,
इस पर निर्भर करता है कि
वह रत्न हमारे जीवन को बेहतर बनाएगा या बद्तर।

अध्याय आठ

धीरे-धीरे आनंद का जीवन, जीवन लगने लगा। पंडित जी ने आनंद को उस मंदिर में रहने के लिए स्थान जो दे दिया था। आनंद पंडित जी के साथ ही रहने लगा और उनकी सहायता करने लगा। वह पूजा-पाठ की विधियाँ भी देखने और समझने लगा। सबसे बड़ी बात थी कि मंदिर में उसे असीम शांति का अनुभव होने लगा। मंदिर की शांति में ईश्वर के समक्ष सहसा उसके माता-पिता के दिए संस्कार पुन: जीवित हो उठे। उसे अपने पिता की बात याद आई कि ईश्वर सबकी मदद करता है। वह किसी को कभी दु:खी नहीं देख सकता। तो क्या उसे अपने कर्मों की सज़ा मिल रही थी? सही कहते हैं कि संसर्ग से इंसान लाभान्वित होता है। प्राचीन काल में सत्संगति के प्रयास किए जाते थे। आनंद को तो ये सहसा ही मिल गए थे। विवेक, ज्ञानेश देवजी, पंडित जी और ईश्वर का मंदिर। ''तो क्या यह ईश्वर की कोई योजना है?'' आनंद की सोच खुलने लगी। ईश्वर के प्रांगण में एवं पंडित जी के सहवास में उसकी सोच परिवर्तित भी होने लगी। उसे लगने लगा कि शायद यही स्थान था, जिसकी उसे तलाश थी।

एक दिन की बात है। उसने पंडित जी से पूछा, 'पंडित जी, मैं रोज़ आपको धन्यवाद देता हूँ पर कम लगता है। आपने मेरे लिए जो किया, मैं उसके लिए आपका आभारी हूँ। पर पंडित जी मैं जीवन को समझना चाहता हूँ। आप रास्ता बताएँ कि मैं जीवन को कैसे समझूँ?'

पंडित जी ने आनंद के मन का भ्रम पढ़ लिया और बोले, 'बेटे, पहले तो यह समझ लो कि मैंने कुछ नहीं किया, मैं तो केवल निमित्त हूँ। करनेवाला तो ईश्वर ही है। वही करता है और हम सब केवल माध्यम बनते हैं।'

ज्ञानेश देवजी ने भी कुछ ऐसा ही कहा था। अब आनंद को लगा कि वह उचित स्थान पर आ गया था। उसकी सोच सही थी कि यह ईश्वर की ही कोई योजना थी, जो

उसकी सहायता कर रही थी।

पंडित जी ने पुन: कहा, 'जहाँ तक जीवन को समझने का प्रश्न है, तो वह आसान नहीं है, लेकिन कठिन भी नहीं है। इसके लिए तुम्हें मंथन करना होगा। यह मंथन की शक्ति तुम्हें सब कुछ समझने में मदद कर सकती है।'

आनंद ने प्रश्न किया, 'मैंने तो केवल समुद्र मंथन के बारे में सुना है। मेरे पिताजी ने कहानी बताई थी कि कैसे भगवान विष्णु ने अवतार लेकर समुद्र मंथन करवाया था। परंतु आप जो मंथन कह रहे हैं वह क्या है और मेरे काम कैसे आ सकता है?'

'तुम्हारे पिताजी ने बिलकुल सही कहा था। जब समुद्र मंथन में दोनों तरफ से देव और दानवों ने शक्ति लगाई तब समुद्र से बहुत ही कीमती चीज़ें बाहर आईं। ठीक इसी तरह जब तुम किसी विषय पर मनन करोगे, उस पर पूरी शक्ति लगाकर सोचोगे तब तुम उस विषय की गहराई व महत्त्व समझ पाओगे। इसी को मंथन की शक्ति कहा गया है।' पंडित जी ने आनंद के सवाल का जवाब देते हुए आगे कहा, 'मैं तुम्हें एक कहानी द्वारा समझाता हूँ कि मंथन का असर कैसे और कितना होता है।'

एक इंसान के पास सोने के सिक्कों से भरा हुआ एक मटका था। यह उसके जीवनभर की कमाई थी।

एक दिन उसने सोचा, 'यह ख़ज़ाना, जीवनभर की मेरी पूँजी है। इन्हें एक-एक करके जाँचना चाहिए कि इनमें कहीं कुछ खोटे सिक्के तो नहीं हैं।' जब उसे ऐसा विचार आया तो उसने जाँचने का निर्णय लिया। मंथन के बाद ही संदेह की पुष्टि होती है कि जीवन में कितने सिक्के खरे हैं और कितने खोटे। उसने पुन: सोचा, 'आज मैं सभी सिक्कों की जाँच करूँगा। इस ख़ज़ाने में केवल उन्हीं सिक्कों को स्थान मिलना चाहिए जो खरे हैं। खोटे सिक्कों को बाहर निकालना ही उचित है।' अब जैसे ही यह काम शुरू हुआ, तो खोटे सिक्कों को खबर लग गई। वे जान गए कि अब उनका पत्ता कटनेवाला है, उनका अंत होनेवाला है।

इस तरह उन खोटे सिक्कों को पता चल गया कि वह इंसान अब सवाल पूछनेवाला है। तब वे डर गए और उपाय सोचने लगे। उन खोटे सिक्कों में एक छोटा सिक्का था, जिसकी बुद्धि बड़ी तेज़ थी। उसने कहा, 'अब तो हमें एक ही बात बचा सकती है। अगर हम सभी चमकने लगें, तो वापस मटके

में आ सकते हैं। सभी खोटे सिक्कों को यह बात उचित लगी।' तब उन्होंने सोचा, 'अगर हम भी खरे सिक्कों की तरह चमकने लग जाएँ, तो यह इंसान धोखे में हमें भी खरा मान लेगा और हमें मटके में डाल देगा। बस थोड़ी देर के लिए ही तो हमें चमकना होगा, बस मटके में पहुँचने भर की बात है।' और उन्होंने ऐसा विचार कर चमकने के लिए अपनी पूरी ताकत लगा दी। ऐसा करने से वह इंसान खोटे सिक्कों के झाँसे में आ गया। वह एक-एककर सिक्का मटके के अंदर डालने लगा और बिना किसी संदेह के खोटे सिक्के भी डाल रहा था क्योंकि वे चमक रहे थे।'

आनंद ध्यान से सुन रहा था। उसे बड़ा आनंद आ रहा था। पंडित जी ने कहना जारी रखा, 'बेटे, हमारे जीवन में भी ऐसा ही होता है। कुछ बातें हम सही मान लेते हैं, जबकि वे खोटी होती हैं। खोटी होने के बाद भी हम उस पर सही होने की मुहर लगा देते हैं और अपने खज़ाने में खोटे सिक्के भी डालते जाते हैं। जैसे हम कहते हैं, 'लोग मुझ पर ध्यान नहीं देते, कोई मेरा साथ नहीं देता' जबकि सचाई यह है कि हमने कभी अपने आपको परखा ही नहीं। कभी हमने खोज ही नहीं की, लेकिन अब सिक्के डालने से पहले खोज करनी है। मंथन करना है। मंथन की शक्ति का प्रयोग कर हर मान्यता की खोज करनी है।

तो इस कहानी में वह इंसान मटके में सिक्के डाल रहा था और अचानक एक सिक्का उसके हाथ से छूटकर नीचे गिर गया। वह खोटा सिक्का था और इसी कारण उसके ज़मीन पर गिरने से 'छटाक' की आवाज़ आई। जबकि असली सोने का सिक्का यदि गिरता है तो 'टन' की आवाज़ आती है। कहाँ 'टन' और कहाँ 'छटाक' दोनों का कोई मुकाबला ही नहीं है। वैसे ही कहाँ 'स्व' की पुकार और कहाँ मन की पुकार, इनमें कोई तुलना ही नहीं है।

जैसे ही 'छटाक' की आवाज़ आई, उस इंसान के कान खड़े हो गए। उसने सिक्के को दो बार पटककर देखा। फिर उसने एक बार असली सिक्का उठाया और उसे पटककर देखा। तुरंत ही वह इंसान समझ गया कि खोटे सिक्के भी मटके में हैं। तब उसे संदेह हुआ कि अब तक जो उसने सिक्के मटके में डाले हैं, उनमें खोटे भी हो सकते हैं, तो उन सभी की फिर से जाँच कर लेनी चाहिए। अब जाँच का यह नया तरीका प्रारंभ हुआ, अब सारे खोटे सिक्के मुश्किल में पड़ गए।

हमें भी जीवन जीने का सही तरीका पता चल जाए, तो हम लोगों की चमक

पर नहीं बल्कि धमक (प्रतिभा) पर जाना सीखेंगे। ठीक उसी प्रकार जो विचार तुम्हें सही लगते हैं, उन्हें भी परखकर देखना चाहिए। जीवन में कोई घटना हुई और 'ईश्वर ने ऐसा क्यों किया, यह तो गलत हो गया' ऐसा विचार मन में आए, तो उसकी चमक पर मत जाओ, उसे परखकर देखो, पलटकर देखो। जो खरा विचार होगा, वही टन की ध्वनि करेगा, अन्यथा छटाक की ध्वनि आएगी। यहीं से जीवन में मंथन का प्रारंभ होता है।

बेटे, जीवन में असली चमक, सच्ची वस्तु की चमक का लक्ष्य लेकर ही हमें आगे बढ़ना चाहिए और हर सिक्के (विचार) की पहचान करनी चाहिए। अपने जीवन को इस कसौटी पर अपने आप ही कसना चाहिए और जानने का प्रयास करना चाहिए कि आपका सिक्का खरा है या खोटा। यदि तुम खरे सिक्के रखते हो तो ईश्वर तुम्हारे ढेर में खरे सिक्कों की वृद्धि करेगा। इसका अर्थ है कि तुम्हारी संगति और बेहतर इंसानों से होगी।

धातु के सिक्कों में और इंसान में बहुत बड़ा अंतर यह है कि धातु अपनी प्रकृति में परिवर्तन नहीं कर सकते, जबकि इंसान यानी तुम अपनी प्रकृति में परिवर्तन कर सकते हो। ईश्वर ने तुम्हें जीवन का उपहार दिया है, साथ ही खोटे को खरे में बदलने का अधिकार भी दिया है। अत: मंथन की शक्ति का प्रयोग करो, यह बेशकीमती है।'

पंडित जी की बातें सुनकर आनंद स्वयं को भाग्यवान समझने लगा। उसने पूछा, 'पंडित जी, आपकी बात मैं समझ रहा हूँ। मैंने अपने जीवन से जैसे ही मंथन को निकाल दिया, तो पुन: गहरे दलदल में फँसने लगा था, लेकिन यह बताएँ कि हम किस प्रकार यह मंथन करें और किन-किन बातों पर हमें ध्यान देना चाहिए?

पंडित जी ने कहा, 'बहुत सुंदर प्रश्न है तुम्हारा। इसका अर्थ है कि तुमने जीवन को समझने का प्रयास आरंभ कर दिया है और यह एक बड़ी बात है। इसे इस प्रकार समझो कि जो पुराण कथा तुम्हें तुम्हारे पिताजी ने बताई, उसके अनुसार ईश्वरीय शक्तियों को प्राप्त करने के लिए देवताओं एवं दानवों ने समुद्र मंथन किया था। समुद्र मंथन में एक पहाड़ को मथनी और एक सर्प को रस्सी के रूप में इस्तेमाल किया गया था। वास्तविकता में देखें तो यह असंभव प्रतीत होता है, किंतु ये असल में प्रतीक हैं। पहाड़ प्रतीक है असंभव दिखनेवाले कार्य का और सर्प भय का सामना है। इसका अर्थ यह हुआ कि यदि भय को काबू में कर लिया जाए, तो पहाड़ जैसा असंभव कार्य भी किया जा सकता है।

हमें मेहनत से अपने कार्य में जुट जाना चाहिए। कथा में देवताओं (टन) एवं दानवों (छटाक) का अर्थ है, अच्छी एवं बुरी भावनाएँ। इन दोनों के बीच हम मंथन करते हैं। जिस समुद्र में मंथन होता है, वह है हृदयस्थान और उसी से ही विश्व की सारी बातें निकलती हैं। सभी विचार भी जन्म लेते हैं। वह निर्माण की बात हो, भजन हों, दोहे हों, कविताएँ हों, प्रवचन हों, सेवाएँ हों... सभी विचार वहीं से जन्म लेते हैं।

भय को कभी हावी न होने दो। सर्प का फन यानी इंद्रियों को सही दिशा देनी चाहिए। वरना वे गलत दिशा में उलझ जाती हैं। इंसान जो देखना चाहता है, उसे वही दिखाई देता है। मंथन से इंसान को प्रशिक्षण मिलता है कि जो अदृश्य है, उसे कैसे देखें। सागर मंथन से अदृश्य वस्तुएँ निकली थीं। तो जो अदृश्य है, उन्हें देखने का प्रयास करना चाहिए।

साथ ही मंथन के आड़े आती है, सुस्ती। लोग सोचते हैं कि कौन मंथन करे... कौन दिमाग पर ज़ोर डाले...। इसीलिए इससे सावधान रहना चाहिए। हमें मंथन करना चाहिए। मनन करना चाहिए कि हम पृथ्वी से कैसे विदा लेंगे? क्या यह जीवन इसी तरह पद, पैसे और प्रतिष्ठा को बटोरने में बीत जाएगा या सचमुच पृथ्वी पर आने के हमारे अंतिम लक्ष्य प्राप्त करने की भी कोई तैयारी है? तुम्हें खरे सिक्के के साथ अभिव्यक्ति करनी है। अभिव्यक्ति का यह उच्चतम स्तर पृथ्वी जीवन से लेकर मृत्यु उपरांत जीवन तक समान होना चाहिए। ऐसा करके तुम स्वयं के लिए उच्चतम संभावना का सृजन करते हो।'

आनंद ने पूछा, 'लेकिन पंडित जी, नौकरी नहीं मिलती। परेशानी होती है, तो जीवन को कैसे इस प्रकार समझें?'

'यह कुछ इस प्रकार से है कि तुम जिसकी कामना करते हो, तुम्हें वही प्राप्त होगा। तुम्हारा विचार जब बुरा होता है, तो तुम्हारे जीवन में भी बुरा होता है। यदि हम बार-बार पैसे की कमी का रोना रोते हैं, तो असल में कुदरत को निर्धनता का आदेश दे रहे होते हैं। स्वास्थ्य को लेकर चिंतित रहनेवाले लोग कभी भी पूर्ण रूप से स्वस्थ नहीं हो पाते। इस प्रकार की सोच वास्तव में गलत प्रकार की प्रार्थनाएँ हैं। यह तुम्हें पता नहीं चलता क्योंकि तुम्हारी दृष्टि को सही प्रशिक्षण नहीं मिला है।

नौकरी नहीं मिली, तो इसका कोई न कोई कारण होगा। या तो ईश्वर ने तुम्हारे लिए कुछ और विधान कर रखा है या तुम कुदरत को सही आदेश नहीं दे रहे। यही प्रकृति की सीख है।'

आनंद सोचने लगा, लेकिन उसे कोई कारण नहीं मिल सका। वह बोला, 'मुझे तो कोई कारण समझ में नहीं आ रहा, पंडित जी। आप ही बताइए।'

पंडित जी ने कहना प्रारंभ किया, 'यह कठिन कदापि नहीं है। इस कहानी को ध्यान से सुनो।

एक राजा था। उसने अपने राज्य के सभी विद्वानों को बुलवाया और कहा, 'मैं चाहता हूँ कि आप लोक-कल्याण के लिए भक्ति की सभी बातों का संकलन कीजिए और उनका सार निकालिए। भक्ति पर इतना कुछ कहा गया है कि उसे समझना एक आम इंसान के लिए एक जीवन में संभव नहीं रह गया है। इसलिए मैं चाहता हूँ कि आप इस संसार के हित के लिए इसका सार निकालिए।' राजा के ऐसा कहने पर सारे विद्वानों ने बहुत मेहनत की और तीन ग्रन्थों में विश्व का सारा अध्यात्म समेट लिया।

राजा ने उन ग्रंथों को देखा और कहा, 'ये अब भी बहुत बड़े हैं, इन्हें और छोटा कीजिए। इतने बड़े-बड़े ग्रंथों को कौन पढ़ेगा? कुछ ऐसा कीजिए कि लोग आसानी से पढ़ सकें।' तब पुनः मेहनत की गई और उन तीन ग्रंथों का सार एक ग्रंथ में समाहित कर दिया गया। वे उस ग्रंथ को लेकर राजा के पास गए। राजा अब भी संतुष्ट न हुआ। उसने कहा, 'यह अच्छी बात है कि आप लोगों ने तीन ग्रंथों का सार एक में समेटा है, लेकिन यह अब भी बहुत बड़ा है। लोग इतना भी नहीं पढ़ पाएँगे। इसे थोड़ा और छोटा कीजिए।'

विद्वानों ने उस ग्रंथ को छोटा करके एक पुस्तक बनाई। अब उन्हें लगा कि वह पुस्तक देखकर राजा अवश्य प्रसन्न हो जाएँगे। परंतु राजा की माँग फिर भी पूरी न हुई। राजा ने कहा, 'इसे और संक्षिप्त कीजिए, ताकि लोग बहुत आसानी से पढ़ सकें। यह अभी भी एक बड़ी पुस्तक है।'

तब सभी विद्वानों ने मिलकर उस पुस्तक को एक अध्याय में लिख दिया और सोचा कि अब तो राजा संतुष्ट हो ही जाएँगे। लेकिन राजा को वह एक अध्याय भी बड़ा प्रतीत हुआ। तब राजा ने एक सुझाव दिया, 'लगता है कि यह कार्य आप लोगों से न हो पाएगा, अतः आप कुछ अन्य लोगों को भी इसमें सम्मिलित कीजिए और इसे छोटा बनाएँ।' तब विद्वानों ने एक बैठक बुलाई और निर्णय लिया गया कि यदि हम एक पन्ना लिखकर ले गए और राजा को वह भी बड़ा लगा, तो क्या होगा? अतः राय बनी कि इसे क्यों न मात्र एक वाक्य में समेट दिया जाए। उसके बाद उन्होंने बहुत मंथन किया और एक वाक्य बनाया। तब उस वाक्य को लेकर राजा के पास गए। उन्होंने

भक्ति का सार एक वाक्य में समेट दिया और वह मंत्र वाक्य था - 'तुम्हें जो लगे अच्छा, वही मेरी इच्छा।'

जब हम किसी वस्तु या स्थिति से दु:खी होते हैं, तो हम यही कह रहे हैं कि जो कुछ भी हमारे जीवन में हो रहा है, वह गलत है। जीवन का संचालन ईश्वर करता है और आपके दु:ख का अर्थ यह है कि आप ईश्वर को उसके कार्यों के लिए गलत ठहरा रहे हैं। परंतु यह सत्य नहीं है। यदि उचित दृष्टिकोण से देखा जाए, तो हर घटना ईश्वर का प्रसाद है, यह रहस्य समझ लेना ही ईश्वर की उपस्थिति का आभास देता है। ईश्वर तो वही करता है, जो तुम्हें अच्छा लगता है। तुम्हें दु:ख अच्छा लगता है, तो ईश्वर तुम्हें दु:ख देता है। यदि तुम्हें सुख अच्छा लगता है, तो वह तुम्हें सुख देता है। चयन तुमको करना है कि तुम्हें क्या अच्छा लगता है?'

पंडित जी ने जो मार्गदर्शन दिया, उसे पाकर आनंद के आनंद की सीमा नहीं रही। आज उसे एक बहुत ही गूढ़ रहस्य (मंत्र) का पता चला। उसने पंडित जी के पैर छुए और कहा, 'पंडित जी, आपका यह एहसान मैं कभी नहीं भूलूँगा। आज आपने मेरी आँखें खोल दीं। आज तक मैं अज्ञान के अंधकार में जी रहा था। आज समझ में आया कि दु:ख-सुख क्या है? ईश्वर क्या है? उसकी लीला क्या है? वह क्यों है? और वह क्या करता है? अब तो मनन करने के लिए सैकड़ों पुस्तकों की आवश्यकता नहीं रही। अब तो यह जो दिल के मंदिर में बैठा है, बस उसे ही मनन करना है।'

इंसान की वृत्ति एवं स्वभाव के अनुसार उसे सात अवस्थाओं में बाँटा गया है। इनमें सर्वश्रेष्ठ है सातवीं अवस्था और हर इंसान को इस अवस्था को प्राप्त करने का प्रयास करना चाहिए। हमें मनन करना चाहिए कि हम किस अवस्था में हैं? और हमें किस अवस्था में रहना चाहिए।

अध्याय नौ

मंदिर में प्रत्येक रविवार पंडित जी का प्रवचन होता था। आनंद उस प्रवचन की व्यवस्था का कार्य भी संभालने लगा था। उसका जीवन अब बहुत सुखमय एवं खुशी से बीत रहा था। आनंद इन प्रवचनों को अपनी डायरी में लिखकर रखता तथा समय मिलने पर मंथन करता। पंडित जी ने उससे कहा था कि वह जीवन पर मनन-मंथन करे। उसने अपने जीवन का यही लक्ष्य बना लिया। वह गहराई से पंडित जी के प्रचवन सुनता और उस पर विचार करता रहता था। समय मिलने पर उसने ग्रंथों का अध्ययन भी करना प्रारंभ कर दिया था। वह अपनी लगन का पक्का था। एक रविवार जब प्रवचन चल रहा था, तब पंडित जी ने इंसान की सात अवस्थाओं के बारे में बताया।

पंडित जी ने कहा, 'आप सभी जानते हैं कि प्रत्येक मनुष्य की अपनी वृत्ति होती है, अपने संस्कार होते हैं। वह अपने प्रकार से जीने का आदी होता है। यह क्या है? क्यों है? हमें जानना चाहिए। अत: आज मैं आपको सात प्रकार की अवस्थाओं के बारे में बताऊँगा। आपको विचार करना होगा कि आप किस अवस्था में हैं और आपको किस अवस्था में पहुँचना चाहिए। यह एक बड़ा रहस्य है, जो आपके जीवन को परिवर्तित करने की क्षमता रखता है। अत: इसे ध्यान से सुनें और फिर उस पर मनन-मंथन करें।

आप सभी ने महाभारत की कथा सुनी है। उसके पात्रों के बारे में भी आप जानते ही हैं, तो चलिए इन पात्रों के माध्यम से इन अवस्थाओं पर विचार करते हैं।

प्रथम अवस्था का नाम है – तमोगुण की अवस्था। ये पहले प्रकार के लोग होते हैं, जिन्हें यदि चलने का अवसर मिले, तो कभी दौड़ते नहीं हैं। यदि इन्हें खड़े होने का अवसर मिले, तो ये कभी चलते नहीं हैं। बैठने को मिले, तो खड़े नहीं होते हैं। ऐसे लोग हमेशा ही हर बात को तकलीफ और आराम की तराजू में तौलते हैं। तमोगुणी लोग हमेशा सुविधा में ही रहना चाहते हैं। आलस इनके जीवन का एक हिस्सा बन जाता है।

यदि हम महाभारत के पात्रों को देखें, तो 'दुर्योधन' एवं 'भीम' तमोगुणी शरीर का उत्तम उदाहरण हैं। ऐसे लोग अपने शरीर पर अधिक ध्यान देते हैं। आपको पता ही होगा कि ये दोनों ही अत्यधिक खाना खाते थे और आराम से जीवन यापन करते थे। किसी ने कुछ कह दिया तो इनके अहंकार को तुरंत चोट पहुँचती थी। उनका ध्यान हमेशा गदा पर ही होता था। इस तरह वे अपने तमोगुण को बहुत अधिक बढ़ावा देते थे।

इसके बाद बात आती है द्वितीय अवस्था की। इस अवस्था का नाम है – तमोमद अवस्था। ये दूसरे प्रकार के लोग होते हैं, जो तमोगुण एवं रजोगुण के बीच की अवस्थावाले होते हैं। ऐसे लोग पूरी तरह से तमोगुणी नहीं होते हैं और न ही पूरी तरह से रजोगुणी। इनकी बड़ी अजीब-सी स्थिति होती है। यदि हम महाभारत के पात्रों की बात करें, तो सहदेव इस अवस्था के थे। वे तमोगुणवाले भीम और रजोगुणवाले अर्जुन, दोनों के बीच दोनों की बातें सहनेवाले थे और उनका नाम भी सहदेव था।

इसके बाद तृतीय अवस्था आती है। इसका नाम है – रजोगुणी अवस्था। ये तीसरे प्रकार के लोग होते हैं। रजोगुणी अर्थात ऊर्जा और महत्त्वाकांक्षा से भरपूर इंसान। महाभारत के पात्रों में धनुर्धर अर्जुन इस गुण की अवस्थावाले थे। ऐसे लोग दौड़-धूप करना पसंद करते हैं ताकि जीवन की हर प्रतियोगिता जीत सकें। जहाँ तमोगुणी हमेशा सोया रहना चाहता है, वहीं रजोगुणी भागना चाहता है, वह एक जगह पर अधिक समय तक टिक नहीं पाता है। ऐसे लोग कर्मठ होते हैं। ये देर रात तक काम करते हैं और सुबह जल्दी उठकर अपने कार्य में जुट जाते हैं। ये अपने लक्ष्य साधने के लिए मेहनत से पीछे नहीं हटते हैं।'

आगे की अवस्थाओं के बारे में बताते हुए उन्होंने कहा, 'अब हम बात करेंगे चतुर्थ अवस्था की। इस अवस्था का नाम है – रजोमद अवस्था। ये चौथे प्रकार के लोग होते हैं, जो रजोगुण एवं सत्त्वगुण के बीचवाली अवस्था में होते हैं। अत: इसे रजोमद की अवस्था कहा जाता है। रजोमद अर्थात ऐसा इंसान जो अर्जुन और युधिष्ठिर के बीच में होता है। महाभारत में नकुल का किरदार इसका सटीक उदाहरण है। यह अर्जुन और युधिष्ठिर, दोनों की नकल करता है। इसमें रजोगुण और सत्त्वगुण दोनों का आधा-आधा समावेश होता है। यह सत्त्वगुणी से कम लेकिन रजोगुणी से अधिक महत्त्व रखता है।

फिर आती है पंचम अवस्था। इस अवस्था का नाम है – सत्त्वगुणी अवस्था। इस पाँचवें प्रकार की अवस्था युधिष्ठिर की थी। लोग इसे ही सबसे उत्तम प्रकार

का मान लेते हैं। इसमें कोई संदेह नहीं कि तमोगुणी एवं रजोगुणी से ऊपर सत्त्वगुणी होता है। यह सदा सत्य बोलनेवाला सात्त्विक प्रवृत्तिवाला होता है। अध्यात्म में कार्य करनेवाले लोग सत्त्वगुण तक पहुँच जाते हैं, लेकिन उन्हें पता नहीं होता कि यह मंज़िल नहीं है बल्कि इसके आगे छठवाँ और सातवाँ स्तर भी है। जो इस पाँचवें को सबसे बड़ा मानकर रुक जाता है, उसके लिए यही अभिशाप बन जाता है, जैसे युधिष्ठिर ने जुए में न केवल अपना राज्य गँवाया था बल्कि द्रौपदी को भी हारकर कलंकित हुए थे।

इसे आप इस प्रकार समझो कि तमोगुण से अच्छा है तमोमद, तमोमद से अच्छा है रजोगुण। रजोगुण से अच्छा है रजोमद और रजोमद से अच्छा है सत्त्वगुण, लेकिन यहाँ पर ही रुक गए, तो यह गुण भी अवगुण बन जाता है।

असल में इंसान में ये सारे गुण भरे हैं और कभी न कभी उभरकर बाहर आते हैं।

इसके बाद आती है षष्ठम अवस्था। इस अवस्था का नाम है - सत्त्वमद अवस्था। जब हम सत्त्वगुण की अवस्था से एक कदम और आगे बढ़ जाते हैं, तब हम इस अवस्था में पहुँचते हैं। यदि हम महाभारत के पात्रों की बात करें, तो विदुर एवं भीष्म पितामह इस अवस्था तक पहुँच गए थे, लेकिन कुछ कमी के कारण सातवीं अवस्था तक नहीं पहुँच पाए थे।

महाभारत में कई ऋषि-मुनियों का उल्लेख आता है, जो काम, क्रोध से बच नहीं पाए। जैसे दुर्वासा ऋषि का क्रोध पर नियंत्रण नहीं था। वे तुरंत श्राप दे देते थे। गुरु द्रोणाचार्य भी बदले की भावना पर विजय प्राप्त नहीं कर पाए। वे भी सातवीं अवस्था तक नहीं पहुँच पाए। ये सभी इसी छठीं अवस्था में बँधकर रह गए थे।

इस बात को समझना सबके लिए अति आवश्यक है कि इंसान अपने अंदर की वृत्तियों में अटक जाता है। इसलिए वृत्तियों को बाहर निकालना अति आवश्यक है। संसार में रहते हुए आपको भी यही कार्य करना होता है। संसार में हो रही घटनाओं के कारण आपका शरीर हिलता है और उसके अंदर की सारी अशुद्धियाँ बाहर आती हैं। आपका कार्य है आप इन अशुद्धियों को बाहर निकालकर फेंक दें। इनका उपभोग कभी न करें। इस तरह जब आप इनसे मुक्त हो जाएँगे, तब आप सातवीं अवस्था में पहुँच जाएँगे।'

इन छह गुणों को बताने के बाद पंडित जी ने सभी को ध्यान के लिए बिठाया।

दस मिनट के ध्यान के बाद। पंडित जी ने सभी को आगे का मार्गदर्शन दिया।

'अब हम इस सातवीं अवस्था पर बात करेंगे, जिसका नाम है – गुणातीत अवस्था। यह एक ऐसी अवस्था है, जिसमें रहकर हर अवस्था का प्रयोग किया जा सकता है। इस अवस्था में इंसान को समझ में आता है कि कहाँ पर तमोगुण का प्रयोग करना है और कहाँ पर रजोगुण का। जैसे जब हम ध्यान करते हैं और शरीर को स्थिर रखकर बैठना होता है, तब तमोगुण का हम प्रयोग कर सकते हैं। नींद में जाने के लिए भी तमोगुण का प्रयोग किया जा सकता है।

किसी कार्य को अंजाम देना है या किसी कार्य के लिए आप प्रतिबद्ध हैं, तो वहाँ पर रजोगुण का प्रयोग किया जा सकता है। सत्य पर चलने के लिए सत्त्वगुण का प्रयोग किया जा सकता है। सत्त्वगुण से जीवन को सरल, सहज बनाया जा सकता है और यह बात भी उचित है कि सहज, सरल जीवन से सत्य की राह पर चलना आसान हो जाता है। इन गुणों का दास होने के कारण ही हम अपने जीवन में अनेक उलझनें पैदा कर लेते हैं।

जैसे एक बार माँ ने बेटे से पूछा, 'यहाँ मेज़ पर एक केक रखा था, कहाँ गया? क्या तुमने खा लिया?'

बेटे ने उत्तर दिया, 'मैं तो सिर्फ उसे सूँघ रहा था, लेकिन पता नहीं कैसे मेरे दाँतों में अटक गया।'

ऐसे ही बचकाने तर्क जीवन को नरक बना देते हैं। आप तमोगुण को केवल सूँघने जाते हैं और उसमें ही अटक जाते हैं। जैसे आप पाँच मिनट के लिए लेटने जाते हैं और पचास मिनट के बाद ही उठ पाते हैं। जब आप गुणातीत अवस्था में होते हैं, तो तमोगुण, रजोगुण अथवा सत्त्वगुण को सूँघने पर आप अटकते नहीं हैं।

यदि हम महाभारत के पात्रों को देखें, तो श्रीकृष्ण इसी सातवीं अवस्था पर हैं। उन्होंने समय-समय पर सभी गुणों का प्रयोग किया। युद्ध करना हो या युद्ध छोड़कर भागना हो, हर जगह उन्होंने उचित गुण का प्रयोग किया। असल में गुणातीत अवस्था में आकर ही इंसान को बोध होता है कि किस जगह पर किस गुण का प्रयोग करना चाहिए। इस अवस्था की सबसे बड़ी विशेषता यह है कि इंसान सभी गुणों के प्रयोग करता है, लेकिन उनमें अटकता नहीं है। जैसे श्रीकृष्ण ने सभी गुणों के प्रयोग किए, लेकिन उनसे बाहर रहे। यही गुणातीत अवस्था है। इस अवस्था को इंद्रियातीत हो जाना भी कहा जा सकता है।'

इस पर किसी भक्त ने प्रश्न किया, 'पंडित जी, यह इंद्रियातीत की बात को ज़रा विस्तार से समझाइए। यह नई बात लगती है।'

पंडित जी ने इस विषय को थोड़ा गहराई में समझाते हुए कहा, 'इंद्रियातीत अवस्था का अर्थ है कि कोई भी प्रलोभन आपको रिझा या डरा नहीं सकता। इंद्रियों से यहाँ इंद्र को समझें, जो समस्त ऐश्वर्यों का स्वामी है, वह सत्त्वगुण का प्रतीक है।

हम पौराणिक कथाओं में पढ़ते हैं कि जब भी कुछ होता है तो सबसे पहले इंद्र का आसन डोलता है। इसका अर्थ इस प्रकार समझें कि कोई दृश्य देखकर या कुछ सुनकर हमारी इंद्रियों का आसन हिलने लगता है। इसी कारण से इंसान ध्यान में नहीं बैठ पाता है। इन इंद्रियों को वश में करनेवाला ही गुणातीत अवस्था में पहुँच जाता है।

आज आपने इस सात गुणोंवाली अवस्थाओं को जाना। आपको स्वयं को इसके हिसाब से परखना होगा और जीवन में सफल होने के लिए सातवीं अवस्था तक पहुँचना होगा।'

यह कहकर पंडित जी ने पुन: सभी को मंथन ध्यान में बैठने के लिए कहा। कुछ देर ध्यान में बैठने के बाद, प्रवचन समाप्त हुआ। भक्तजन पंडित जी को प्रणाम कर उठने लगे। कहने की ज़रूरत नहीं कि आनंद को बहुत आनंद आया।

✳ ✳ ✳

रात के समय, आनंद और पंडित जी टहल रहे थे। आनंद ने कहा, 'आज का प्रवचन मुझे बहुत पसंद आया। इस पर मनन करते हुए खुशी हो रही थी। साथ ही कुछ प्रश्न भी उठ रहे थे। क्या मैं पूछ सकता हूँ?'

'क्यों नहीं, ज़रूर पूछो।' पंडित जी ने शांति से कहा।

'आज इंद्रियों की बात चली तो प्रश्न उठा कि इन इंद्रियों को हम वश में कैसे करें और किस समय किस गुण की आवश्यकता है, उसका चुनाव कैसे करें?'

पंडित जी ने कहा, 'बहुत ही सुंदर प्रश्न किया तुमने। पहले चयन की बात करते हैं और इसमें आड़े आनेवाली चीज़ों की भी बातें करते हैं। महाभारत का ही प्रसंग चल रहा था, तो उसी का उदाहरण लेते हैं। जब महाभारत का युद्ध प्रारंभ होनेवाला था, तब अर्जुन और दुर्योधन दोनों ही भगवान श्रीकृष्ण के पास सहायता माँगने के लिए गए। उन दोनों ने ही श्रीकृष्ण के समक्ष अपनी इच्छा प्रकट की। तब श्रीकृष्ण ने मुस्कुराते हुए कहा, 'मैं एक ही हूँ और तुम दो। तुम दोनों एक-दूसरे के

विरोधी होते हुए भी मेरी सहायता माँगने आए हो। ठीक है, मैं तुम दोनों के समक्ष दो विकल्प रखता हूँ। एक को युद्ध में मेरी पूरी सेना मिलेगी जबकि दूसरे के साथ मैं अकेला रहूँगा। बताओ, तुम्हारा चयन क्या है?'

भगवान श्रीकृष्ण की बात सुनकर दुर्योधन को मानो मुँहमाँगी मुराद मिल गई। उसने सोचा कि अकेले श्रीकृष्ण मेरे किस काम के, उनकी पूरी सेना मेरे साथ होगी, तो निश्चित ही मेरी विजय होगी। उधर अर्जुन ने सोचा कि यदि श्रीकृष्ण मेरे साथ रहेंगे तो और किसी चीज़ की आवश्यकता ही नहीं है। इस तरह दोनों ने अपना-अपना निर्णय श्रीकृष्ण को सुना दिया और उसके बाद रणभूमि में जो हुआ, वह महाभारत का इतिहास बन गया। अर्जुन को विजय और गीता प्राप्त हुई, जबकि दुर्योधन अपनी विशाल सेना के बाद भी पराजित हुआ। कारण बहुत छोटा था - दुर्योधन के पास विशाल सेना थी, जबकि अर्जुन के पास सृष्टि के सबसे बड़े संरक्षक का संरक्षण था। यह है उचित चयन का लाभ।

ठीक इसी तरह जीवन में भी गलत चुनाव के कारण इंसान को पराजित होना पड़ता है। यह बहुत स्पष्ट होना चाहिए कि तुम्हें अपने भविष्य का क्या आकार चाहिए। यह पता न होने के कारण ही तुम गलत दिशा में जाते हो और जीवनभर दु:ख पाते हो। सही चुनाव तुम्हारे भविष्य का आकार निर्धारित करता है। जैसे कोई विद्यार्थी पढ़ाई के समय गोलगप्पे खा रहा है, तो यह कैसा चुनाव है?' पंडित जी ने पूछा।

आनंद ने तुरंत जवाब दिया, 'बहुत ही निम्न प्रकार का चुनाव है।'

'क्यों?' पंडित जी ने फिर पूछा।

आनंद ने कुछ देर सोचा और फिर कहा, 'क्योंकि यदि वह पढ़ाई नहीं करेगा, तो जब उसका परीक्षाफल आएगा, उसे रोना पड़ेगा। मेरे साथ हो चुका है इसलिए बता रहा हूँ। उस वक्त फिर रोने का कोई लाभ नहीं होगा।'

'कपटमुक्त होकर, बिलकुल ठीक कहा तुमने।' पंडित जी ने कहा, 'जब तुम किसी भी क्षेत्र में चुनाव करते हो तो सबसे पहले तुम्हें खुद से पूछ लेना चाहिए कि इस समय मुझे क्या चुनाव करना चाहिए और मैं कैसा चुनाव कर रहा हूँ? यह चुनाव निम्न है? उच्च है? उच्चतम है? ऐसा करने से तुम अपने चुनाव के प्रति सजग हो जाते हो।

उच्चतम चुनाव के साथ ही तुम अपनी उच्चतम संभावना पर पहुँच जाते हो। साथ ही याद रखना होगा कि वर्तमान में किया गया एक-एक चुनाव विकास की संभावना की सीढ़ी बनता है। उस दिन तुमने पूछा था कि नौकरी नहीं मिलती है, तो

क्या करना चाहिए?'

आनंद ने कहा, 'जी पंडित जी, पूछा था।'

पंडित जी ने कहा, 'तो सुनो। मान लो तुम नौकरी करने के लिए इंटरव्यू देने जाते हो और असफल हो जाते हो। तब तुम्हारा क्या चुनाव होगा?'

'मुझे दु:ख होगा, परेशानी होगी।' आनंद ने कहा।

'तुमने सही कहा कि दु:ख होगा, लेकिन क्या केवल यही विकल्प है?' पंडित जी ने पूछा।

'और क्या हो सकता है पंडित जी?'

'देखो बेटे, दु:खी होना एक विकल्प अवश्य है, लेकिन यह निम्न चुनाव है। तुम उच्चतम विकल्प का चुनाव भी कर सकते हो। तुम नौकरी ढूँढ़ने की नौकरी फुल टाईम ज्वाईन कर सकते हो। असफलता से सबक लेकर कड़ी मेहनत करके पुन: नौकरी पाने का प्रयास कर सकते हो, लेकिन भाग्य को कोसना निम्न चुनाव ही होगा। रोना भी निम्न चुनाव ही होगा।'

'ये बात तो आपने बहुत सही कही पंडित जी, मैंने ऐसा सोचा भी नहीं।' आनंद बोल पड़ा।

'इतना ही नहीं, तब तुम्हें ऐसा सोचना है कि यह सब मेरी ही प्रार्थना का उत्तर है। मैं सदा खुश रहूँगा, चाहे मुझे सफलता मिले या असफलता। मैं विचलित नहीं होऊँगा। समय ही बताएगा कि असफलता क्यों ज़रूरी थी। असल में जब भी कोई तकलीफ आए तो हमें स्वयं से पूछना चाहिए – 'क्या इसके बावजूद भी मैं उच्चतम का चुनाव कर सकता हूँ?' यह बावजूद शब्द बड़े काम का है और शक्तिशाली भी। जैसे किसी मंच पर जाना हो और भय हो रहा हो। तब स्वयं से पूछो, 'मुझे लोगों के सामने जाने से डर लग रहा है, इसके बावजूद भी क्या मैं मंच पर जा सकता हूँ और क्यों नहीं जा सकता?'

आपको परीक्षा का डर लग रहा है तो स्वयं से पूछो, 'मुझे परीक्षा का डर लग रहा है, लेकिन इसके बावजूद क्या मैं अपना सौ प्रतिशत दे सकता हूँ और क्यों नहीं? तब आप अपनी उच्चतम संभावना की ओर अग्रसर होते हैं। इसके बाद भी यह आसान नहीं होता क्योंकि बहुत सारे बाधक मार्ग में मिलते रहते हैं।'

'जी पंडित जी, और वो क्या हैं?'

'अनेक प्रकार के प्रलोभन तुम्हें अपनी ओर खींचते हैं। इसे इस प्रकार समझो कि इसका नाम प्रलोभन सिंग है। असल में मन का गुण है मचलना, यह चंचल होता है। जैसे मन करता है कि अधिक खा लूँ... अधिक धन बटोर लूँ... अभी आराम कर लूँ... पढ़ाई (कर्म) बाद में कर लूँगा...। इन प्रलोभनों से हमें बचना चाहिए। जैसे काम करना है, लेकिन मन कहता है - पहले मिठाइयाँ खा लूँ, पहले वासना पूरी कर लूँ, तृप्त हो जाऊँ, उसके बाद काम भी कर लूँ। तब वह उच्चतम चुनाव से दूर हो जाता है क्योंकि उसकी इंद्रियाँ उसके वश में नहीं रहतीं।

दूसरा प्रलोभन सिंग यह है कि जहाँ आपको अपने पसंद के लोग मिल जाते हैं और हम अपना कार्य भूलकर उनसे मिलने में समय बरबाद कर देते हैं। आपको किसी कार्य के लिए जाना था, रास्ते में आपके दोस्त मिल गए। आप उनसे बातें करने में इतने मशगूल हो जाते हैं कि अपना कार्य भी भूल जाते हैं। यह एक बड़ा बाधक (आदत) है।

तीसरा प्रलोभन सिंग यह है कि जब हम स्वयं को स्वतंत्र घोषित कर लेते हैं। जैसे मान लो हम किसी गाँव से गुज़र रहे हैं। गाँववाले कहते हैं कि इस गाँव का नियम है कि जो नए साल में यहाँ से गुज़रता है उसे इस गाँव का मुखिया बना दिया जाता है। तुम यह सोचते हो कि अब तो मैं राजा हो गया, कोई रोक-टोक नहीं करेगा। मैं अपनी मनमर्जी से जीऊँगा। यह प्रलोभन भी हमें अपने कर्म से विचलित कर देता है। हमें भटका देता है।

कुछ सुविधा भोगी भी होते हैं। विद्यार्थियों में ऐसे बहुत होते हैं, जो अपने मित्र की देखा-देखी पढ़ाई की कोई शाखा का चयन करते हैं, वे यह नहीं सोचते कि उनके लिए वह उपयुक्त शाखा होगी भी या नहीं। यह चौथा प्रलोभन सिंग है। हमें संस्कृत पसंद है, लेकिन हम देखा-देखी फ्रेंच पढ़ने का प्रयास करते हैं और प्रवेश ले लेते हैं। तब हम बुरी तरह से असफल हो जाते हैं।

पाँचवें प्रलोभन सिंग नकल करते हैं। वे नकल को ही अकल समझते हैं। ये दूसरों को दिखाने के लिए बाहरी रूप में परिवर्तन करते हैं, कभी अपने अंदर झाँककर नहीं देखते। इसके बाद ये शॉर्टकर्ट रास्ता अपनाते हैं। जीवन में ऐसा छोटा रास्ता नहीं होता।'

पंडित जी ने बताया तो आनंद का मन हल्का हो गया। वह स्वयं को अज्ञानता से भरा समझने लगा कि कितनी बातें हैं, जिन पर उसने कभी विचार ही नहीं किया। जीवन में ज्ञान की कमी नहीं। जीवन में सोच की कमी नहीं। जीवन को सही दिशा में ले चलनेवाली सोच पर मंथन कितना आवश्यक है, आज उसे पता चला। वह स्वयं में शांति व स्थिरता का अनुभव कर रहा था, जो उसके तुरंत आनेवाले जीवन को पूरी तरह से परिवर्तित करने का सामर्थ्य रखती थी।

'स-शब्द' शक्ति अर्थात 'स' से सलाह और 'शब्द' से उद्गार का अर्थ मिलता है। सुबह से शाम तक जो शब्द हमारे मुँह से निकलते हैं, वे उद्गार होते हैं। शब्दों में अद्भुत शक्ति छिपी होती है। शब्दों के प्रति हमें सजग रहना चाहिए। हमें हमेशा ही सही शब्दों का चयन करना चाहिए और उचित समय पर उचित शब्द का ही प्रयोग करना चाहिए।

अध्याय दस

आनंद नीचे झुका, 'आर्शिवाद दिजीए!'

बनवारीलाल ने गुस्से में कहा, 'दूर हो जाओ मुझसे' और अपने पैर पीछे खींच लिए।

विवेक ने गुस्से में अपने पिता बनवारीलाल से कहा, 'पापा, ये क्या बात हुई। आनंद ने आपको सम्मान दिया और आपके पैर छुए, लेकिन आपने उसके सम्मान को ठुकरा दिया, यह ठीक नहीं।'

बनवारीलाल बोल पड़े, 'तुम इसे हमारे घर लाए हो, यह तुम्हारी गलती है। मैं ऐसे चोर को अपने घर में पनाह नहीं दूँगा।'

'लेकिन क्या ये ठीक है? यह मेरा दोस्त है और यह आपके बेटे जैसा है।' विवेक ने कहा।

'यह मेरा बेटा नहीं हो सकता। यह चोर है। जेल जा चुका है।' बनवारीलाल ने गुस्से से कहा।

'पिताजी, वह पुरानी बात है। अब यह हम, आप, सबसे अधिक सात्त्विक और शुद्ध है। हम सभी से अधिक ज्ञानी भी है। पता नहीं आप बीती बातों को धरकर क्यों बैठे हैं?'

'तुम अभी नादान हो। तुम नहीं समझोगे। चोर कभी चोरी करना नहीं छोड़ सकता। मनुष्य की प्रकृति और प्रवृत्ति कभी बदलती नहीं है। कुछ समय के लिए आवरण ढक लेने से इंसान बदल नहीं जाता।' बनवारी लाल ने निर्णय दे दिया।

आनंद ने इशारे से विवेक को चुप रहने का संकेत दिया। पर विवेक बोलता रहा, 'आप यह सही नहीं कर रहे। ऐसे शब्दों का इस्तेमाल अच्छा नहीं है।'

'अब तुम मुझे सिखाओगे कि मुझे क्या बोलना है और क्या नहीं?' बनवारीलाल का गुस्सा बढ़ गया था।

आनंद ने बीच-बचाव करते हुए कहा, 'विवेक, चाचा जी ठीक ही तो कह रहे हैं। मेरा अतीत मेरे पीछे है क्योंकि लोग केवल अतीत ही जानते हैं। तब वे वर्तमान को भी अतीत की तराजू में ही तौलते हैं। उनके विचारों अनुसार उनका कहना सही है। मेरा अनुरोध है कि तुम इस विषय पर झगड़ा न करो। मैंने उनका आशीर्वाद चाहा था, नहीं मिला, कोई बात नहीं। जब उनकी इच्छा होगी, वे दे देंगे। इसमें परेशान होने की कोई बात ही नहीं है।'

विवेक कुछ कहना चाहता था, लेकिन आनंद कमरे से बाहर निकल चुका था। वह भी झटपट उसके पीछे हो लिया। बाहर आते ही उसने आनंद को पुकारकर रोका और कहा, 'क्षमा करना मित्र, पिताजी के ऐसे व्यवहार पर मुझे खेद है।'

'कोई बात नहीं। वे बड़े हैं, गुस्सा करना उनका अधिकार है। तुम क्यों दु:खी होते हो। मेरे लिए ऐसी बातें नई नहीं हैं और अब तो मुझे ऐसी बातों का कोई असर भी नहीं होता।'

विवेक ने स्वयं को शांत करते हुए कहा, 'खैर छोड़ो इन बातों को, तुम तो बाहर आ गए, भाभी से तो मिल लेते।'

'अरे हाँ, मैं तो भूल ही गया था कि मैं उनसे मिलने आया था। लेकिन क्या अब पुन: जाना ठीक होगा?' आनंद ने आशंका जताई।

'कुछ नहीं होगा। तुम चलो, उनसे मिल लो। फिर पता नहीं तुम कब आओगे?' विवेक ने आनंद का हाथ पकड़कर खींचा तो आनंद भी चल पड़ा।

विवेक की पत्नी सुनीता को आनंद के बारे में सब कुछ पता था। सुनीता ने आनंद को देवर जी कहा, तो आनंद भाव-विभोर हो गया। उसे लगा कि उसका जीवन अब सही मार्ग पर चलने लगा था। उसने सुनीता से मंदिर आने को कहा, तो वह तैयार हो गई। विवेक ने भी साथ में आने का वचन दिया। आनंद प्रसन्न होकर ध्यान मंदिर की ओर चल पड़ा।

✻ ✻ ✻

पंडित जी ने धीरे-धीरे आनंद को भी पूजा में सम्मिलित करना प्रारंभ कर दिया

था। उनकी कोई संतान न थी। उनका विचार था कि उनके रहते ही आनंद उस मंदिर का काम-काज देखने लगे। आनंद को भी इस कार्य में खुशी मिली। वह भी अब रमने लगा था। मंदिर का शुद्ध वातावरण उसे भाने लगा था। ईश्वर की भक्ति को वह समझने लगा था और सबसे बड़ी बात थी कि लोग उसका आदर करने लगे थे, जो उसके लिए सुखमय संसार की भाँति था।

कारागार में उसने अनेक समस्याओं के निदान लोगों को सुझाए थे। उनकी समस्याओं को समझने के लिए उसने विवेक की मदद से अनेक ग्रंथों का अध्ययन किया था। उन पर चिंतन-मनन भी किया था। वे समस्त प्रकार के अध्ययन अब उसके काम आनेवाले थे। फिर ज्ञानेश देवजी का चिंतन और पंडित जी के प्रवचन भी उसने सुने थे। उनसे अनेक बार उसने वार्ता भी की थी। पंडित जी के संग्रह किए पुस्तकों के भी उसने अध्ययन कर रखे थे। अब उसके पास ज्ञान का एक भण्डार जमा हो गया था। इतने समय से मंदिर में रहते हुए उसे ईश्वर से प्रेरणा मिलती रही थी। फिर माता-पिता का संस्कार, उनकी धार्मिक प्रवृत्ति ने उसके मन-मंदिर को पूर्व से ही घेरा था। वह पंडित जी के आशीर्वाद से अपनी इस नई भूमिका में जाने को पूर्णत: तैयार था। पंडित जी की यही इच्छा थी कि वह मंदिर का समस्त कार्य देखने लगे ताकि उन्हें इसकी चिंता न रहे कि उनके जाने के बाद क्या होगा।

धीरे-धीरे मंदिर में आनेवाले लोग पंडित जी के साथ-साथ आनंद को भी जानने लगे। जो समस्याएँ वे पंडित जी से बाँटते, वे आनंद के साथ भी बाँटने लगे।

एक बार एक दंपत्ति मंदिर में आए। उन्होंने पंडित जी से कहा कि 'हमारे घर में बहुत क्लेश का माहौल रहता है, इसलिए शांति पाठ करवाना है।' पंडित जी मान गए और पूजा की सामग्री की सूची बनाने लगे।

इतने में आनंद ने देखा कि पति परेशान खड़ा है और पत्नी रो रही है। वह अपने पति से शिकायतें कर रही थीं। उनकी बातें सुनकर आनंद को लगा कि इनसे बात करनी चाहिए, 'क्या मैं आपकी कुछ मदद कर सकता हूँ?' आनंद ने पूछा।

'हाँ आनंदजी', पति ने कहा, 'दरअसल, हमारी टोका-टोकी के कारण हमारा बेटा हमें छोड़कर विदेश चला गया। अब हाल यह है कि वो हमारा फोन तक नहीं उठा रहा। हम दोनों यहाँ परेशान हैं। इसलिए सोचा कि घर पर शांति पाठ करवा लें।'

आनंद ने उनकी बात ध्यान से सुनी तथा उन्हें शब्दों के चयन के बारे में कुछ बातें

बताईं, 'आपको स-शब्द शक्ति का इस्तेमाल करना चाहिए। आइए मैं आपको इसके बारे में बताता हूँ।' वे लोग मंदिर के चौखट पर बैठ गए और आनंद की बातें सुनने लगे।

आनंद ने उन्हें बताया, 'स-शब्द शक्ति, यह एक अद्‌भुत शक्ति है। शब्दों के प्रयोग में हमें हमेशा सजग रहना चाहिए। यह कभी अर्थ देता है और कभी अनर्थ कर देता है।

सबसे पहले मैं आपको इसके प्रभाव के बारे में बताऊँगा। इसका प्रभाव इंसान पर बड़ा गहरा पड़ता है। एक पुरानी कथा है। एक सूफी फकीर किसी गाँव से गुज़र रहे थे। उस फकीर को देखते ही एक औरत उनके पास आई और बोली, 'मेरा बेटा बहुत बीमार है। आप तो फकीर हैं। आप उसे ठीक कर सकते हैं। कृपा करके कुछ ऐसा कीजिए कि वह तुरंत ठीक हो जाए।'

उस फकीर ने उस औरत को सांत्वना दी और उसके बेटे को देखने उसके घर चले गए। जब फकीर उसके घर पहुँचे तो उत्सुकतावश आस-पास के घरों के लोग भी आकर जमा हो गए। वह औरत घर के अंदर से अपने बेटे को बाहर लेकर आई। फकीर बड़े प्यार से उस बच्चे को अपनी गोद में लेकर ईश्वर से प्रार्थना करने लगा कि वह शीघ्र ही स्वस्थ हो जाए।

तभी भीड़ में से एक आदमी चिल्लाकर बोला, 'क्या आपको वाकई ऐसा लगता है कि आपकी प्रार्थना से बच्चा ठीक हो जाएगा, जबकि सारी दवाइयाँ बेकार हो चुकी हैं?'

फकीर ने कहा, 'तुम मूर्ख हो, तुम इन सब बातों के बारे में कुछ नहीं जानते क्योंकि तुम महामूर्ख हो।'

इतना कहना था कि उस आदमी का चेहरा गुस्से से तमतमा गया। वह गुस्से में कुछ बोलने वाला ही था कि तभी वे फकीर उठकर उसके पास गए और प्यार से उसके कंधे पर हाथ रखकर बोले, 'यदि एक शब्द में तुम्हें क्रोधित और संतप्त करने की शक्ति है, तो क्या दूसरे शब्द तुम्हें शांत और स्वस्थ नहीं कर सकते?'

इस प्रकार उस फकीर ने उस दिन एक नहीं बल्कि दो लोगों को स्वस्थ कर दिया। यह है शब्द की शक्ति। हर शब्द की एक कीमत होती है, उसकी हमें पहचान करनी चाहिए। उसके मोल के हिसाब से उसका इस्तेमाल करना चाहिए।' आनंद ने अपनी बात समाप्त की।

'बिलकुल सही कहा आनंद जी, हमारे घर में भी यही होता है। मेरे शब्दों के कारण मेरी बीवी आहत हो जाती है। फिर घर पर तनाव का महौल पैदा हो जाता है। हमारे झगड़ों के कारण ही हमारा बेटा हमसे दूर चला गया। उसने यहाँ तक कह दिया है कि आप लोगों के तानों भरे शब्द और टोका-टोकी के कारण मैं घर वापस नहीं आना चाहता।' यह कहते ही पति रोने लगा।

'आप रोइए नहीं', आनंद ने उन्हें समझाया, 'कई बार इंसान अपने भावों को सही शब्द नहीं दे पाता और सामनेवाले को दुःखी कर बैठता है। आपके बेटे ने जो कहा, उसके शब्दों के पीछे के भावों को समझें।

कोई आपसे कहता है कि तुम मुझे पसंद नहीं। तब हम क्या अर्थ लगाते हैं कि वह मुझसे घृणा करता है। जबकि यह अर्थ सही नहीं है। पसंद न करने का कोई अन्य कारण भी हो सकता है, लेकिन इसका अर्थ घृणा करना नहीं होगा।

मान लीजिए, आप एक बगीचे में जाते हैं, जहाँ कई प्रकार के फूल खिले हैं। उनमें से एकाध फूल आपको पसंद नहीं आते, तो इसका यह अर्थ नहीं कि आप उस फूल से घृणा करते हैं। जो पसंद आता है, उससे प्रेम का अर्थ अन्य से घृण कदापि नहीं होता। आजकल हम अपने रिश्तों में भी ऐसा ही कुछ करते हैं। लोग सामनेवाले की बात का अपना अलग ही अर्थ निकालकर अपने रिश्ते में दरार डाल देते हैं।

इसका एक कारण तो यह होता है कि आपके पास पर्याप्त शब्द भंडार नहीं होता। तब कहनेवाला कुछ कहता है और हम कुछ सुनते हैं और अर्थ का अनर्थ निकाल लेते हैं। दूसरी बात शीघ्रता की होती है।

जैसे एक दिन रामू स्कूल देर से पहुँचा। शिक्षक ने उससे पूछा, 'तुम इतनी देर से क्यों आए?'

रामू ने कहा, 'मैंने एक मरे हुए इंसान को भागते हुए देखा।'

शिक्षक चकरा गया और बोला, 'क्या कभी किसी ने मरे हुए इंसान को भागते देखा है?'

तब रामू ने बताया, 'मास्टर जी आप गोपी से पूछ लें, वह भी मेरे साथ ही था। हम दोनों ही भागते हुए आ रहे थे, रास्ते में एक इंसान मरा पड़ा था। हमने भागते-भागते मरे हुए उस इंसान को देखा।'

इस उदाहरण में रामू के कहने का दो अर्थ बन रहा है। रामू और गोपी ने मरे हुए इंसान को भागते हुए देखा यानी जब वे भागते जा रहे थे, तब उन्होंने एक मरे हुए इंसान को देखा। जबकि शिक्षक ने सोचा कि वह मरा हुआ इंसान ही भाग रहा था। यह शब्दों का खेल है। इससे सावधान रहने की आवश्यकता होती है।

इस प्रकार हम समझ सकते हैं कि जीवन में शब्द-शक्ति का बहुत महत्त्व है। हमें इन शब्दों की कीमत पहचाननी चाहिए और इन्हें कभी भी व्यर्थ नहीं करना चाहिए। इनके प्रयोग में हमें हमेशा ही सावधानी रखनी चाहिए। हमें हमेशा ही तौलकर बोलना चाहिए तथा सावधान रहना चाहिए कि हमारे कथन से किसी को अनावश्यक कष्ट तो नहीं हो रहा।

अब आप दोनों इस बात को समझ चुके हैं तो अपने बेटे के शब्दों को भी समझें। उसे माफ करते हुए उससे अच्छी तरह बातचीत करें। अपने पुराने शब्दों को बदलें तथा नए शब्दों के साथ, नए तरीके से बातचीत आरंभ करें।'

'आनंद जी, आपकी बातों में सच्चाई है' पति ने कहा, 'कई बार शब्दों के अर्थ को गलत समझा जाता है और रिश्तों में गलतफहमियाँ बढ़ती हैं। इस बात को आपने ऐसा समझाया कि इसे जीवन में उतारने का मन कर रहा है। यहाँ से जाने के बाद मैं अपने बेटे से नए तरीके से और नए शब्दों के साथ बातचीत करने की कोशिश करूँगा।'

इतने में पंडितजी ने आवाज़ लगाई, 'पूजा की तैयारी हो चुकी है। आप दोनों आ जाएँ।' दोनों ने आनंद को प्रणाम किया और पूजा स्थल पर चले गए।

✹ ✹ ✹

कुछ ही देर बाद, कुछ बच्चे दौड़ते हुए आनंद के पास पहुँचे, 'भईया, आपने कल गौरी को कहानी सुनाई पर हमें नहीं सुनाई। हम आपसे नाराज़ हैं।' बच्चों ने अपने अंदाज़ में आनंद से नाराज़गी जताई।

'तुम नाराज़ न हो, आज मैं तुम्हें भी एक कहानी सुनाऊँगा।' सभी बच्चे खुशी से नाचने लगे। आनंद ने सभी बच्चों को पेड़ की छाँव में बैठने का इशारा किया।

करीबन ७-८ साल के ये बच्चे गरीबी से परेशान थे। वे अकसर मंदिर आकर प्रसाद खाया करते और अपना दिन निकालते। जब से आनंद मंदिर में आया था, उसने उनके लिए खाने की व्यवस्था की थी। इसलिए ये बच्चे आनंद से जुड़ाव महसूस करते थे।

आनंद ने उन्हें कहानी सुनाते हुए कहा, 'किसी जंगल में बड़े से पेड़ पर एक गौरेया रहती थी। एक दिन कड़ाके की सर्दी पड़ी। ठण्ड से काँपते हुए तीन-चार बंदरों ने उसी पेड़ के नीचे आश्रय लिया।

एक बंदर बोला, 'कहीं से आग तापने को मिले तो ठण्ड दूर हो सकती है।'

दूसरे बंदर ने सुझाया, 'देखो, यहाँ कितनी सूखी पत्तियाँ गिरी पड़ी हैं। इन्हें इकट्ठा कर हम ढेर लगाते हैं और फिर उसे सुलगाने का उपाय सोचते हैं।'

बंदरों ने सूखी पत्तियों का ढेर बनाया और एक गोल दायरे में बैठकर सोचने लगे कि अब इसमें आग कैसे लगाई जाए। तभी एक बंदर को दूर हवा में एक जुगनू दिखाई दिया। वह उछल पड़ा और चिल्लाने लगा, 'देखो, देखो हवा में चिनगारी उड़ रही है। इसे पकड़कर ढेर के नीचे रखकर फूँक मारने से आग सुलग जाएगी।'

'हाँ, हाँ' कहते हुए सभी बंदर उस जुगनू को पकड़ने दौड़ पड़े।

पेड़ पर अपने घोंसले में बैठी एक गौरेया यह सब देख रही थी। उससे चुप न रहा गया।

वह बोली, 'बंदर भाइयो, यह चिनगारी नहीं है। यह जुगनू है।'

एक बंदर गुस्से से गौरेया को देखकर गुर्राया, 'मूर्ख चिड़िया, चुपचाप अपने घोंसले में दुबकी रहो, हमें सिखाने चली है।'

इस बीच एक बंदर उस जुगनू को अपने हाथों में पकड़ने में कामयाब हो गया। उसके बाद उस जुगनू को ढेर के नीचे रख दिया गया। फिर सारे बंदर फूँक मारने लगे।

गौरेया से रहा न गया कि ये लोग ऐसी बेवकूफी कर रहे हैं और वह फिर बोली, 'भाइयो, आप लोग गलती कर रहे हो। जुगनू से आग नहीं सुलगेगी। दो पत्थरों को टकराकर चिनगारी पैदा करने से आग सुलगेगी। आप लोग समझते क्यों नहीं हो?'

बंदरों ने गौरेया को घूरा। असफलता पाकर अब वे गुस्से में लग रहे थे।

गौरेया ने फिर कहा, 'भाइयो, मेरी सलाह मानो, कम से कम दो सूखी

लकड़ियों को तो आपस में रगड़ो। आग उससे भी लग सकती है।'

सारे बंदर आग न सुलगने के कारण पहले से ही खीजे हुए थे। एक बंदर क्रोध से भरकर आगे बढ़ा और उसने गौरेया के घोंसले को तोड़ डाला। गौरेया ठण्ड में फड़फड़ाती हुई कुछ समय बाद मर गई।' यह सुनकर सभी बच्चों के चेहरे पर डर के भाव थे।

आनंद ने आगे कहा, 'आपके जीवन में ऐसे बंदरों के जैसे अनेक लोग मिलेंगे। इसलिए हमेशा याद रखना कि सलाह कभी किसी मूर्ख को नहीं देनी चाहिए, हाँ उनसे सलाह लेने में कोई पाबंदी नहीं है।'

'अरे! नहीं-नहीं, मैं तो मूर्ख से सलाह लूँगा भी नहीं!', किशन बोल पड़ा। उसकी बात पर सभी बच्चे हँसने लगे। तब आनंद ने उसे समझाते हुए कहा, 'तुम्हारी बात गलत नहीं है किशन पर इसमें केवल नज़रिए का फर्क है। ये बात मैं तुम्हें एक और कहानी से समझाता हूँ।

'एक बार यूनान के मशहूर दार्शनिक अरस्तु से एक विद्वान मिलने आया।'

'दार्शनिक और विद्वान का मतलब क्या है आनंद भइया?' चकोर ने पूछा।

'अभी के लिए यह समझो कि जो दर्शन-शास्त्र का ज्ञानी होता है, उसे दार्शनिक कहा जाता है और जो बहुत पढ़ा-लिखा होता है, उसे विद्वान कहा जाता है।' चकोर के सवाल का जवाब देने के बाद, आनंद ने कहानी आगे बढ़ाई, 'अरस्तु से मुलाकात के बाद उस विद्वान ने अपना असली मकसद बताया कि वह उनके गुरु से मिलने आया था।

अरस्तु ने कहा, 'आप उनसे नहीं मिल सकते।'

उस विद्वान ने कहा, 'लेकिन क्यों नहीं मिल सकते। क्या वे इस दुनिया में नहीं रहे?'

अरस्तु ने कहा, 'गुरु मरते नहीं। वे इस दुनिया में ही हैं, लेकिन आप उनसे नहीं मिल सकते।'

विद्वान ने पूछा, 'ऐसा क्यों?'

अरस्तु ने कहा, 'ऐसा इसलिए, क्योंकि इस दुनिया में जितने मूर्ख हैं। वे सभी मेरे गुरु हैं।'

जवाब सुनकर विद्वान चौंक उठा। उसने कहा, 'हम तो ऐसे गुरु की शरण में जाते हैं, जो ज्ञानी हो, लेकिन आप मूर्खों की शरण में जाते हैं। इसका क्या अर्थ हुआ?'

अरस्तु ने कहा, 'मैं मूर्ख लोगों को देखता हूँ और मनन करता हूँ कि इन्हें मूर्ख क्यों कहा जाता है? उनके अंदर ऐसे कौन-से अवगुण हैं, जिनकी वजह से उन्हें मूर्ख कहा जाता है? मैं उन अवगुणों को अपने अंदर प्रवेश करने नहीं देता। विद्वान तो अपने विद्वान होने के अहंकार में चूर होते हैं इसलिए मुझे मूर्खों से सीखने का मौका मिलता है।

इस कहानी से हमने समझा कि सलाह यदि मूर्ख भी दे, तो उसे तुरंत मत मानना और न ही उसे भुलाना। उसे परखकर अपने लिए इस्तेमाल करना।

किसी भी विचार को, चाहे वह अटपटा ही क्यों न लगे, खारिज नहीं करना है। यदि आपने ऐसा किया, तो मूर्खता होगी। विचार को सुनकर उस पर मनन करें। हो सकता है कि उस अटपटे विचार में कोई अच्छी सलाह छिपी हो। उसे पुल बनाकर समस्या का समाधान सोचा जा सकता है। जैसे नारियल के रेशों से हाथी को बाँधा नहीं जा सकता, यदि हम उन रेशों से एक रस्सी तैयार कर लेते हैं, तो हाथी को भी बाँध सकते हैं। हर आनेवाली सलाह को अच्छा मानकर काम करना या बेकार मानकर उसे छोड़ देना, आपकी समझ पर निर्भर है। अच्छे लोगों से अच्छी सलाह आएगी, लेकिन कभी-कभी कम अच्छे लोगों से भी अच्छी सलाह आ सकती है। अत: मनन करना बहुत आवश्यक है।'

इतना कहकर आनंद ने अपनी बात समाप्त की।

आनंद को पता ही नहीं चला कि दूर खड़े पंडित जी उसकी बातचीत सुन रहे थे। पंडित जी के मुख पर बहुत प्रसन्नता दिखाई दे रही थी। उन्हें लगा कि आनंद के रूप में उन्हें सही उत्तराधिकारी मिल गया है।

उन्होंने नजदीक आकर आनंद से कहा, 'बेटे, आज मैं बहुत खुश हूँ। तुमने आज सिद्ध कर दिया कि तुम ही मेरे असली उत्तराधिकारी हो। आज से मंदिर का समस्त कार्य मैं तुम्हें सौंपता हूँ। इसके साथ ही मेरी इच्छा है कि तुम अपना घर बसा लो।'

'लेकिन पंडित जी, यह कैसे संभव है? मुझे कौन पसंद करेगा? मुझे अपनी लड़की कौन देगा? और सबसे बड़ी बात अब मुझे जगत का मोह नहीं है। अब मुझे ईश्वर की पूजा में ही अपना जीवन बिता देना है।'

'ऐसा नहीं है, बेटे। जीवन यह नहीं है। सभी साधु-संत नहीं बन सकते। जीवन में चार आश्रम का सिद्धांत है। बह्मचर्य, गृहस्थ, वानप्रस्थ और संन्यास। इनसे दूरी अपने कर्म से भागना होगा। तुम्हें एक कर्मवादी बनना है और इन चारों आश्रमों का मान रखना है। जहाँ तक जीवनसाथी मिलने की बात है, तो मेरे दूर के एक रिश्तेदार हैं, उनकी लड़की विवाह योग्य हो गई है। तुम कहो तो मैं बात चलाऊँ।'

'लेकिन पंडित जी, मेरी जाति? आप तो ब्राह्मण हैं।'

'पहले तो मुझे पंडित जी कहना बंद करो। कुछ नहीं तो चाचा जी ही कहो।'

'जी अच्छा।'

'क्या जी अच्छा।'

'जी अच्छा, चाचा जी।'

'हाँ, अब ठीक है। और जहाँ तक जाति का प्रश्न है, तो कोई जन्म से जाति में प्रवेश नहीं ले लेता बल्कि उसके कर्म ही उसकी जाति का निर्धारण करते हैं। तुम कर्म से ब्राह्मण का कार्य कर रहे हो इसलिए तुम ब्राह्मण हुए।'

आनंद ने झुककर पंडित जी के पाँव छू लिए। पंडित जी ने उसे कंधे से उठाकर गले लगा लिया। आनंद रो रहा था। वह समझ नहीं पा रहा था कि इतने महान व्यक्तित्व का सहवास उस अभागे को क्यों मिला था।

क्या आप जानते हैं कि इस पृथ्वी पर प्रत्येक मनुष्य कुछ न कुछ संदेश दे रहा है। कुछ पल अपनी आँखें बंद कीजिए और सोचिए कि आप क्या प्रसारित कर रहे हैं? मूलत: प्रत्येक मनुष्य की कामना यही होती है कि उसके अंदर सद्भावना बनी रहे। लेकिन जीवन में घटनेवाले प्रसंगों से यह भावना बदलती रहती है। इस संकेत को समझने की आवश्यकता है।

अध्याय ग्यारह

आनंद अब शादीशुदा था। परिवारवाला था। पंडित जी ने सब कार्य उसे ही सौंप दिए थे और वह भी बड़ी तल्लीनता से अपने कार्य में लगा रहता था। उसे अब जीवन में कोई कमी महसूस नहीं होती थी। एक बार विवेक अपने माता-पिता दोनों को लेकर मंदिर आया। तब आनंद का कुछ लोगों के साथ वार्तालाप सुनकर बनवारी लाल चकित रह गए। वे उससे मिलने को राज़ी हो गए। बातचीत के बाद विवेक ने यही बात आनंद को बताई तो उसे बहुत खुशी हुई।

सभी चले गए, तब मंदिर के पास बने अपने कमरे में उसने उन्हें बुलवाया। उसने उन्हें प्रणाम किया तो वे पीछे नहीं हटे बल्कि उनका हाथ आनंद के सिर पर था। आनंद की पत्नी लक्ष्मी ने भी उन दोनों को प्रणाम किया और बैठने के लिए कुर्सियाँ दीं।

'तुम इतना कैसे बदल सकते हो? यह आश्चर्यजनक है।' बनवारी लाल ने आनंद को बड़े प्यार से देखते हुए पूछा।

'सब ईश्वर की कृपा है, चाचा जी। वे ही सब कुछ करते हैं।' आनंद ने ईश्वर को प्रणाम करते हुए कहा।

'यह बात तो ठीक है, लेकिन ऐसा क्या हुआ कि तुम इतने बुरे इंसान से फरिश्ते बन गए?' बनवारी लाल बड़ी उत्सुकता से उत्तर जानना चाहते थे।

आनंद समझ गया कि उसे बताना ही पड़ेगा, अन्यथा वे संतुष्ट नहीं होंगे। उसने कुछ क्षण सोचा और कहा, 'चाचाजी, अज्ञात में रहने का आनंद लेना मैंने सीख लिया, तभी से जीवन में बदलाव आने प्रारंभ हो गए।'

'मैं कुछ समझा नहीं? यह अज्ञात में रहना क्या होता है?' बनवारी लाल जी का प्रश्न था।

ज्ञानेश देवजी और इस मंदिर के पंडित जी यानी मेरे चाचाजी के संपर्क में आने के बाद, मुझे पता चला कि मनुष्य को अपने कर्म तो अवश्य करने चाहिए, लेकिन कभी फल की इच्छा नहीं करनी चाहिए। यह बात सुनने में तो आसान लगती है, लेकिन इस पर अमल करना उतना आसान नहीं है। पर धीरे-धीरे मैंने इस पर अमल करना प्रारंभ किया। मैंने ईश्वर से कहा कि 'हे ईश्वर! मुझे जो भी दो, वह अलगाव के बक्से में दो। तो जो भी मेरे कर्म का परिणाम आता है, उसे मैं अलगाव के बक्से में रख देता हूँ, तब किसी भी परिणाम को लेकर मेरे मन में हलचल नहीं होती है। जो भी होने वाला है, वह अज्ञात है। इसी अज्ञात से सब कुछ बाहर निकलकर आता है।' आनंद कहता जा रहा था और विवेक और उसके माता-पिता ध्यान लगाकर सुन रहे थे।

'लेकिन हमें सोचना ही पड़ता है कि कल क्या होगा? हमारे बच्चे का क्या होगा? क्या हम जो कार्य कर रहे हैं, उसमें सफलता मिलेगी या नहीं? ऐसे प्रश्नों से फल की ही तो चिंता रहती है', बनवारी लाल ने टोका।

'यह इसलिए कि भविष्य अज्ञात है। आपको उस अज्ञात से डर लगता है और इसी कारण आप ज्योतिष के पास जाते हैं कि आपके अज्ञात में क्या लिखा है। आपके साथ क्या होनेवाला है? इस भय के कारण ही हम जीवन को कभी सुखमय नहीं जी पाते हैं। इसे इस प्रकार समझते हैं कि जो भी ज्ञात है, वह सब पुराना होता है। जो जाना हुआ है, वह तो पुराना होगा ही। हमें भूतकाल ही ज्ञात है, भविष्य तो हमारे लिए अज्ञात है। हम अपने भूतकाल के अनुसार ही प्रार्थना करते हैं। कल सौ रुपये मिले थे, आज दो सौ मिल जाएँ। जिसके जीवन का आधार भूत है, वे जीवनभर भयभीत रहते हैं। उस भय के कारण ही हम अनुचित कार्य करने को विवश होते हैं। यदि हमने अज्ञात को अपना जीवन आधार बना लिया और उसमें आनंद लेने लगे, तो हमें कभी किसी वस्तु का भय नहीं होगा। इस प्रकार मैंने समझा कि जीवन में जो भी घटनाएँ होनेवाली हैं, वे सभी अज्ञात हैं, फिर उनसे क्या डरना। किसी कर्म का फल भी अज्ञात है, तो उसके बारे में क्यों सोचना? इसका अर्थ है कि कर्म ही हमारा असली साथी है। अत: हमें अज्ञात में रहना सीखना चाहिए और मैंने यही किया। अब मैं वर्तमान में कर्म करता हूँ, लेकिन उससे आनेवाले फल की चिंता नहीं करता।'

'इतने बड़े दर्शन की बात, इतनी सरलता से तुम कह गए। मुझे बहुत अच्छा

लगा। आज तक हमने कभी इस बारे में सोचा भी न था', विवेक ने कहा क्योंकि उसके पिताजी अब भी गहरी सोच में डूबे थे। उन्हें विश्वास ही नहीं हो रहा था कि यह वही आनंद था जो चोरी, अपहरण आदि किया करता था। जेल भी जा चुका था।

आनंद ने आगे कहा, 'क्योंकि हम कभी मनन नहीं करते। जीवन की कठिनाइयों में हम इतने व्यस्त हो जाते हैं कि हमें लगने लगता है मंथन करना हमारा काम नहीं। स्वयं को समझाना होता है, मंथन करना होता है और तभी जीवन-रहस्य का पता चलता है। अज्ञात असल में रचनात्मकता का स्रोत है, संभावना का स्रोत है। जब मन तर्क करता है कि क्या होनेवाला है, मुझे पता चलना चाहिए। तब मन को प्रशिक्षित करना होता है कि जो भी अज्ञात से आएगा, उससे विकास ही होगा। उसके बाद जीवन की परेशानियों से सदा के लिए मुक्ति मिल जाएगी। जीवन सुखमय और सुंदर होगा।'

'बात तो तुम्हारी सही है, लेकिन हम कितना भी कुछ कर लें, हमें दु:ख तो होता ही है। यह तो जीवन का स्पष्ट अनुभव है।' विवेक ने और सुनने के लिए सवाल पूछा।

'बात तुम्हारी सही है। हर इंसान जीवन में किसी न किसी बात पर शोक (दु:ख) करता है, लेकिन शोक नहीं बल्कि 'अशोक' बनना, यही तो सीखना है। अशोक यानी जिसे कोई शोक नहीं होता। शोक न हो इसके लिए हमें शोक को साक्षी भाव से देखना चाहिए। असल में शोक करना और शोकग्रस्त होना, इन दोनों में बड़ा बारीक अंतर है। यह ठीक वैसे ही है, जैसे पानी में तैरें या डूब जाएँ। पानी तो दोनों ही परिस्थितियों में मौजूद है, लेकिन एक क्रिया में आप विचारपूर्वक हैं और दूसरी में आपका नियंत्रण नहीं है। इतना ही अंतर है। शोक में डूबना नहीं है बल्कि शोक से गुज़रकर समाधान ढूँढ़ना है। सिद्धार्थ ने भी शोक किया था कि क्या यही जीवन है? क्या मुझे भी ऐसी बीमारियों, बुढ़ापे और मृत्यु से गुज़रना होगा? शोक में पड़कर उन्होंने इन बातों पर गहरा मंथन किया और उसके बाद ही उनको जीवन का रहस्य पता चला। फिर वे बुद्ध हो गए।'

'हाँ, भगवान बुद्ध की यह कहानी तो मैंने सुनी है।' विवेक ने कहा और सोचने लगा।

बनवारी लाल अब तक चुपचाप सुन रहे थे। अचानक वे बोल पड़े, 'न तो भूत को टाला जा सकता है और न भविष्य को बदला जा सकता है। ऐसे में इंसान तो सोचेगा ही। अनिष्ट की आशंका से डर लगता है और भूत अनुभव होता है, जो इंसान को सीख

देता है।'

'बिलकुल सही बात है चाचा जी, लेकिन जो भूत था, वह बीत चुका है और अब नहीं आनेवाला है, तो उसकी चिंता क्यों करें। उससे सीख लेने में कोई बुराई नहीं। उधर भविष्य अनजान है, अज्ञात है तो उसके बारे में भी चिंता क्यों करें। वैसे भी जो अभी वर्तमान है, वह कल भविष्य होगा। तब हर भविष्य वर्तमान ही बनने वाला है, तो हम वर्तमान में क्यों न जीएँ? असल में वर्तमान ही जीवन है। जीवन वर्तमान में ही जीना अच्छा होता है। यही जीवन का सुंदर सच है।'

'तुम्हारी बात सच है, लेकिन पूरी सच नहीं।' बनवारी लाल ने कहा।

'चाचा जी, यह दृष्टिकोण का अंतर भर है। असल में इसे इस प्रकार देखें कि भूत-भविष्य के विचार वर्तमान की शक्ति को चूस लेते हैं। यही कारण है कि ऐसी चिंता करनेवाले लोग खुद को शक्तिहीन अनुभव करते हैं। वे खुद को थका-थका सा पाते हैं। एक बार आप वर्तमान में जीने लगें, तो आपका जीवन आश्चर्यजनक ऊर्जा से भरा मिलता है और यही सब कारण है कि आपने मेरे भीतर में बदलाव का अनुभव किया।'

'यह आखिरी बात तो बिलकुल सच है। आज तक मैं समझता था कि इंसान कभी अपनी प्रवृत्तियाँ छोड़ नहीं सकता, लेकिन अब लगता है कि मैं गलत था। तुम लोग खुश रहो, प्रसन्न रहो।' बनवारी लाल ने राहत की साँस ली।

※ ※ ※

आनंद का जीवन सुखपूर्वक बीतने लगा। समय के साथ पंडित जी का साथ छूट गया, लेकिन एक बेटी ने उनके अभाव को बड़ी सुंदरता से भर दिया। लक्ष्मी, उसकी पत्नी भी एक आदर्श पत्नी थी। हाँ, जीवन में सुखी होने के बाद आनंद ज्ञानेश देवजी से मिलने गया, लेकिन वे विदेश गए हुए थे। वह ईश्वर के प्रति कृतज्ञ बनकर रहने लगा।

उधर विवेक का जीवन पलट गया। वह परेशानियों में था। उसका बेटा नशे का शिकार हो चुका था। यही बात जब उसने आनंद को बताई तो आनंद ने उसके बेटे को अपने पास बुला लिया। विवेक का बेटा अब आनंद के साथ रहने लगा। पंद्रह दिनों के बाद वह नशामुक्त होकर घर वापस आया। बनवारी लाल को पहली बार महसूस हुआ कि उन्होंने आनंद के साथ कितना बुरा व्यवहार किया था। उसे

कितना गलत समझा था। वे कभी भी उसकी भावनाओं की कद्र न कर पाए थे। वे विवेक के साथ आनंद से मिलने आए।

'मैं किस प्रकार तुम्हारा एहसान चुकाऊँगा? तुमने वो कर दिया, जो बड़े-बड़े डॉक्टर भी नहीं कर सके। मैंने तुम्हें बहुत अनुचित कहा था और तुमने हमारे पोते को अच्छा कर दिया।' बनवारी लाल जी की बातों में पश्चात्ताप झलक रहा था।

आनंद की आँखें भर आईं। उसने हाथ जोड़कर कहा, 'चाचा जी आप ऐसा न कहें। मैंने कुछ भी नहीं किया। जो कुछ भी किया है, वह उस ऊपरवाले ने किया है। मैं तो केवल निमित्तमात्र था।'

'लेकिन यह संभव कैसे हुआ?' विवेक ने पूछा।

'बस उसके आत्मविश्वास व इच्छाशक्ति को बढ़ाकर।' आनंद ने कहा।

'पर तुमने ये भावनाएँ उसके अंदर कैसे जगाईं? हम तो हार मान चुके थे।' विवेक बोला।

'विवेक, जीवन में एकाग्रता, एकनिष्ठता आ जाए तो कुछ भी असंभव नहीं होता। मैंने तुम्हारे बेटे से कई सारी बातें कीं। उससे मुझे भी कुछ सीखने को मिला और कुछ उसने भी सीखा। उसे अपनी गलती का एहसास हुआ। तब जाकर मैंने उसकी इच्छाशक्ति बढ़ाने का कार्य प्रारंभ किया। मैंने कभी उसे गलत नहीं कहा बल्कि उसकी आदत को गलत कहा। वह मेरी बातें सुनने लगा तब जाकर मैंने उसे एक सुंदर व सरल कहानी सुनाई।

> एक इंसान बहुत बड़े पहाड़ को छेनी से खोद रहा था। तभी वहाँ से ईश्वर गुज़रे। उन्होंने उस इंसान से पूछा, 'यह क्या कर रहे हो?'
>
> उस इंसान ने कहा, 'मुझे पहाड़ को यहाँ से हटाना है।'
>
> ईश्वर ने पूछा, 'लेकिन क्यों?'
>
> इंसान ने कहा, 'बादल इस पहाड़ से टकराकर, दूसरी ओर पानी बरसाते हैं और मेरे खेत तक पानी नहीं आता है। यह पहाड़ हट जाएगा, तो पानी मेरे खेत तक आ जाएगा।'
>
> ईश्वर को लगा कि यह इंसान एक असंभव कार्य कर रहा है, लेकिन पहाड़ ने ईश्वर से प्रार्थना की, 'प्रभु, आप इस इंसान को रोकते क्यों नहीं?

यह मुझे हटाने पर तुला है।'

तब ईश्वर ने कहा, 'यह छोटा-सा किसान तुम्हारा क्या बिगाड़ लेगा। तुम निश्चिंत रहो।'

ऐसा कहकर ईश्वर वहाँ से चले गए। कुछ महीनों बाद आए, तो उन्होंने देखा कि आधे से अधिक पहाड़ टूट चुका था। पहाड़ पर अनेक प्रकार की मशीने लगी हुई थीं, जो उसे तोड़ रही थीं। कई मजदूर मलबा उठाकर दूर ले जा रहे थे। ईश्वर को देखकर पहाड़ रोने लगा और बोला, 'मैंने पहले ही आपसे कहा था कि आप इसे रोकिए, लेकिन आपने मेरी एक न सुनी। आपने मेरी शक्ति तो देखी, लेकिन उस किसान की इच्छाशक्ति नहीं देखी।'

इच्छाशक्ति हो तो जीवन की पहाड़ जैसी कठिनाइयाँ चकनाचूर हो जाती हैं। बस मैंने तुम्हारे बेटे की इच्छाशक्ति को बढ़ाने का कार्य किया है। आगे की जंग उसने खुद जीती है। इसी कारण उसकी नशे की आदत छूट गई।'

'लेकिन हम सभी ने इतना प्रयास किया। डॉक्टरों ने इतना प्रयास किया। जबकि तुमने मात्र पंद्रह दिनों में उसे ठीक कर दिया। यह कैसे संभव है?' विवेक अभी भी आश्चर्य में था।

'वह अभी बच्चा है और उसकी ग्रहणशीलता बनी हुई है। समस्या यही होती है कि हम बच्चों की ओर ध्यान नहीं देते। उनकी आदतों में सुधार नहीं करते। उनकी आदतों को गलत कहें, उन्हें नहीं। यदि बच्चों को अच्छी तरह से समझाया जाए, तो वे सब समझ जाते हैं। हम ही उनके संस्कार बनाते हैं। हमारे पास उनके लिए समय होना चाहिए, उन्हें समय देना चाहिए, लेकिन हम अपने जीवन में इतना व्यस्त रहते हैं कि इस पक्ष की ओर हमारा कभी ध्यान नहीं जाता है।

एक इंसान अपनी सांसारिक जिम्मेदारियों से मुक्त होकर वृद्धावस्था की ओर बढ़ रहा था। वृद्धावस्था में अब वह कुछ सामाजिक सेवा कार्य करना चाहता था। वह समाज के लिए कुछ करना चाहता था। ऋण चुकाना चाहता था, लेकिन अपनी वृत्तियों एवं मोह के कारण वह अपने इरादे को आगे ढकेलता जा रहा था।

एक सुबह वह सैर करने के लिए निकला। चलते-चलते वह एक गली के पास से गुज़रा। गली के किनारे पर एक घर था। घर के अंदर से एक स्त्री की आवाज उसे सुनाई दी, 'बेटे ज्ञान बाबू, अब तो उठो। सवेरा हो गया है।

कब तक सोते रहोगे?'

मजे की बात यह थी कि उस वृद्ध का नाम भी ज्ञान बाबू था। उस स्त्री की आवाज ने वृद्ध इंसान को अंदर से जागृत कर दिया। उस महिला के शब्द तो अपने बेटे के लिए निकले थे, लेकिन संकेत वृद्ध ज्ञान बाबू ने ग्रहण किया। कई बार सूक्ष्म संकेत भी चमत्कार करते हैं। कृपा, एक शब्द से भी शुरू हो सकती है।'

'यह तो जादू की तरह है।' विवेक बोल पड़ा।

'बिलकुल है।' आनंद ने चहलकदमी करते हुए कहा, 'संत कबीर के बारे तो तुम्हें पता ही होगा। उन्होंने बाल्यावस्था में ही स्वामी रामानंद को अपना गुरु बनाने का संकल्प लिया था, लेकिन स्वामी रामानंद आसानी से दीक्षा नहीं देते थे। एक सुबह कबीर गंगा किनारे की सीढ़ियों पर जाकर लेट गए। ये वही सीढ़ियाँ थीं, जिन पर चलते हुए स्वामी रामानंद गंगा स्नान के लिए जाते थे।

प्रतिदिन की तरह उस दिन भी रामानंद सीढ़ियों से होकर गुज़रे। प्रात:काल अंधेरे में उनका पाँव कबीर के सीने पर पड़ गया। पाँव पड़ते ही रामानंद के मुँह से निकला 'राम-राम'। कबीर ने उन शब्दों को, मंत्र की तरह ग्रहण कर अपना जीवन गुरु को समर्पित कर दिया। एक शब्द-संकेत से कबीर पैदा हो सकता है। द्रोणाचार्य की मूर्ति भर से एकलव्य पैदा हो सकता है, एक संकेत जीवन बदल सकता है। मैंने तुम्हारे बेटे को शब्द-संकेत दिया और उसने ग्रहण कर लिया।'

बनवारी लाल अब भी चकित थे, लेकिन खुश थे। आनंद की ज्ञान भरी बातें सुनकर उन्हें विश्वास ही नहीं हो पा रहा था, लेकिन आज सच उनके सामने था। आनंद साधारण इंसान नहीं था। वह असाधारण बन चुका था। उसमें परिवर्तन स्थायी था।

ये दो परिवारों के बीच अटूट बंधन का प्रारंभ था। अब आनंद का उस घर में हमेशा स्वागत होता था। उधर आनंद का जीवन दूसरों की सेवा और ईश्वर की भक्ति में व्यतीत होने लगा। जीवन का सच्चा सुख प्राप्त करने के लिए वह हमेशा ईश्वर का कृतज्ञ रहने लगा।

समय बीतने लगा। धीरे-धीरे आनंद की ख्याति बढ़ने लगी। विवेक के पुत्र को अच्छा करने के बाद, लोगों ने उसकी जादुई शक्ति को भी पहचान लिया। लोग अपनी परेशानी लेकर उसके पास आने लगे। उसने सभी से कहा भी कि उसमें कोई

जादुई शक्ति नहीं है, लेकिन लोगों की आस्था उस पर बनने लगी। आस्था एक ऐसी वस्तु है, जो पत्थर पर टिक जाए, तो उसे ईश्वर बना देती है। आनंद का कार्य तो बढ़ा, अब उसे कोई परेशानी न थी। वह अब लोगों के लिए जीने लगा। लेकिन क्या यह परिवर्तन अब स्थायी था?

* * *

कुछ महीनों के बाद पुलिस की गाड़ी मंदिर के बाहर खड़ी थी और आनंद को ले जाया जा रहा था। आनंद के दोनों बच्चे हैरानी में पिता को देख रहे थे। पत्नी की आँखें नम थीं परंतु वह खुद को संभाले हुए थी।

एक पुराने केस के सिलसिले में आनंद और उसके पुराने साथियों को पूछताछ के लिए बुलाया गया था।

पुलिस स्टेशन पहुँचते ही आनंद ने देखा कि उसके पुराने साथी भी वहीं मौजूद हैं।

पुलिस अफसर मल्होत्रा उनसे पूछताछ कर रहा था। आनंद को भी धक्का देकर उनकी लाईन में खड़ा कर दिया गया। सभी से बहुत सख्ती से बात की जा रही थी।

मल्होत्रा ने काँस्टिबल राने को बुलाया और आनंद की तरफ इशारा करते हुए कुछ पूछने लगा। काँस्टिबल ने उसके कानों में कुछ कहा और वहाँ से चला गया। मल्होत्रा आनंद के पास आया और उस पर हँसने लगा, 'सुना है तू पहले चोरी करके लोगों को लूटता था और अब पंडित बनकर लूट रहा है।'

'सर, मैं मानता हूँ कि पहले मैं गलत रास्ते पर चल रहा था पर अब मंदिर में सेवा का काम करता हूँ। यहाँ के पुराने पंडितजी ने मुझे यह काम सौंपा है। बस उसे ही ईश्वर की मर्जी समझकर कर रहा हूँ।'

मल्होत्रा ने आनंद की बातों को अनसुना किया। उसने सभी को तफ्तीश के सिलसिले में एक दिन जेल में रखने का आदेश दिया।

आनंद और उसके पुराने साथी अब एक-साथ बंद थे। उन्होंने सुन रखा था कि आनंद अब किसी मंदिर में नौकरी करता है परंतु उसे सामने देखकर सभी को बड़ी हैरानी थी।

'आनंद भाई, तुम बहुत बदले हुए लग रहे हो', मुन्ना ने कहा।

'हाँ, कभी फुरसत से सारी कहानी बताऊँगा। वैसे यहाँ कौन से केस की तफ्तीश चल रही है?' आनंद ने पूछा।

'आनंद भाई', मुन्ना ने उसके कानों में फुसफुसाते हुए कहा, 'तुम्हें याद होगा कि हमने एक छोटी बच्ची का अपहरण किया था, जानवी नाम था उसका।'

'हाँ, पर उसे मैं ही वापस छोड़कर आ गया था', आनंद ने कहा।

'हाँ आनंद भाई', 'पर उस वक्त पुलिस को बिना बताए सारा मामला रफा-दफा हो गया था। आपने उस जानवी के बाप से भी कहा था कि किसी को कुछ नहीं बताए। उसने आपसे वादा किया था। पर लगता है उसने अपना मुँह खोल दिया है।'

'पुलिस से शिकायत किसने की है मुन्ना?' आनंद ने पूछा।

'वो तो पता नहीं भाई, पर मुझे लगता है कि उसके घर में से ही किसी ने शिकायत की होगी। या फिर दूसरी गैंग के लोगों ने फिर से अपनी भड़ास निकालने के लिए ये सब किया होगा', मुन्ना ने गुस्से में अपने दाँत चबाते हुए कहा।

'जो भी हो, हमें पुलिस को सच-सच बता देना चाहिए। मामला यहीं खत्म हो जाएगा। थोड़ी-बहुत सज़ा से बचने के लिए झूठ क्यों बोलना?' आनंद ने कहा।

'बात इतनी सीधी नहीं है भाई, जानवी को हमने सिर्फ आधे दिन के लिए किडनैप किया था। तुमने उसे वापस भी कर दिया था। पर जिसने भी कंप्लेन की है, उसने ये बताया है कि जानवी पूरे एक हफ्ते तक गायब थी। इसका मतलब ये है कि कोई आपको फँसाने की कोशिश कर रहा है। अगर तुमने पुलिस को सच बताया तो वो तुम्हारी बात पर विश्वास नहीं करेंगे। उल्टा हमें और पीटेंगे। फिर हमारे खिलाफ लंबी-चौड़ी लिस्ट बनेगी। हो सकता है कि हमें उम्रभर यहीं सड़ना पड़े। इससे अच्छा है कि थोड़ी मार खा लें और चुप रहें', मुन्ना ने सुझाव दिया।

आनंद मुन्ना की बातों पर मुस्कुरा दिया। एक समय ऐसा था जब आनंद अपने आपको और साथियों को बचाने के लिए बड़े से बड़ा झूठ बोल देता था, वह भी बिना हिचकिचाए। अब ऐसा समय आया था कि एक सच छुपाने के लिए भी उसका दिल राज़ी न था।

शाम को मल्होत्रा वापस आया और बिना किसी पूछताछ उसने सभी को मारना शुरू कर दिया। पीटने के बाद उसने पूछताछ शुरू की। उसने सभी से एक ही

सवाल पूछा, 'जानवी की किडनैपिंग में तुम सभी का हाथ था या नहीं?' सभी ने 'नहीं' में सिर हिलाया। जब उसने आनंद से यही सवाल किया तो आनंद ने उसे सब कुछ सच-सच बता दिया। उसने यह भी बताया कि किडनैपिंग का आयडिया उसी का था। उसके साथियों का इसमें कोई हाथ नहीं था।

मल्होत्रा हैरान था कि ऐसे केस से जुड़े गुनहगार कभी इतनी आसानी से अपना गुनाह स्वीकार नहीं करते, फिर आनंद ने सब कुछ स्वीकार कैसे कर लिया। उसे आनंद पर भरोसा नहीं था। फिर भी उसने उसका बयान लिया और उसके साथियों को छोड़ दिया।

अगले दिन सुबह जब आनंद उठा तो उससे मिलने उसकी पत्नी आई हुई थी। आनंद की हालत देखकर वह रोने लगी तब आनंद ने उसे समझाया, 'लक्ष्मी, तुम मेरे घाव देखकर रो रही हो। पर तुम्हें मैंने बताया है कि अपनी जिंदगी में मैंने लोगों को इससे भी अधिक घाव दिए हैं। चाहे शारीरिक हों या मानसिक। ऐसा समझो कि इन घावों के ज़रिए मेरा प्रायश्चित हो रहा है।'

'पर अब तो आप ईश्वर के भक्त हैं, ऐसे में ईश्वर को आपकी मदद करनी चाहिए...' लक्ष्मी ने रोते हुए कहा।

'देखा जाए तो ईश्वर मेरी मदद ही कर रहा है। याद है मैंने तुमसे कहा था कि मैं आज तक अपने जीवन का अर्थ खोजता रहा पर अब मुझे लगता है कि वह मुझे मिल चुका है। मैं अपने जैसे कई लोगों का जीवन बदलना चाहता हूँ। जो लोग अपराध करते हैं उनसे जेल में जाकर मिलकर बात करना चाहता हूँ।'

'हाँ, आपने कहा था। पर आप तो लोक कल्याण करना चाहते थे। यूँ कैदी की तरह जीकर आप किसका कल्याण कर पाएँगे?' लक्ष्मी ने सवाल किया।

'तुम्हें याद होगा कि श्रीकृष्ण का जन्म कारागार में ही हुआ था। प्रकाश का जन्म अंधेरे को मिटाने के लिए ही होता है। हो न हो, मेरा यहाँ आना इसी उद्देश्य से हुआ है। मेरे जीवन का अर्थ सार्थक होने जा रहा है। जहाँ तक रही कैदी होने की बात तो ऐसे समझ लो कि मैंने आज तक जो भी बुरे कर्म किए हैं, उनकी सज़ा मुझे मिल रही है। यह सज़ा मैं हँसते-हँसते काट लूँगा। तुम निश्चिंत रहो। यहाँ मेरा उद्देश्य भी पूर्ण होगा और मैं ईमानदारी से सज़ा काटकर हमेशा के लिए पुराने जीवन से मुक्त हो जाऊँगा। फिर मेरे नए जीवन में पुराने कर्मों का कोई साया नहीं होगा।'

आनंद की बातें सुनकर और उसका विश्वास देखकर लक्ष्मी ने कुछ राहत महसूस की। उसे समझ में आ गया कि ईश्वर ने आनंद को उनके लक्ष्य पूर्ति की राह दिखाई है।

***

आनंद ने जेल में ज़ोरों-शोरों से अपना कार्य शुरू कर दिया। वहाँ के अधिकारी आनंद को पहचानते थे। आनंद पिछली बार जब जेल में आया था तब उसमें हुए बदलाव को उन्होंने अपनी आँखों से देखा था। उन्होंने आनंद को उसके कार्य में पूरा समर्थन दिया।

आनंद ने कैदियों से बातचीत करनी शुरू की। उन्होंने आनंद को अपनी आपबीती सुनाई। बहुत से कैदियों की कहानी, आनंद के पिछले जीवन से मिलती जुलती थी।

आनंद ने सभी को अपनी कहानी भी सुनाई, जिससे कैदियों में आनंद को सुनने की उत्सुकता बढ़ी। वे आनंद की बातों को गौर से सुनते और उन पर अमल भी करते।

आनंद ने अधिकारियों से निवेदन करके वहाँ की लायब्रेरी के दरवाज़े सभी कैदियों के लिए खुलावा दिए। सभी ने मिलकर तय किया कि एक समय निश्चित करके वे सभी लायब्रेरी की किताबें पढ़ेंगे। धीरे-धीरे, पठन करना उनके जीवन का अंग बन गया।

कुछ महीनों बाद आनंद ने सभी कैदियों के लिए ध्यान सत्र का आयोजन किया। उसने अधिकारियों से निवेदन किया कि ज्ञानदेवजी को इस सत्र की शुरूआत करने के लिए बुलाया जाए। आनंद के इस विशेष अनुरोध पर अधिकारियों ने ज्ञानेश देवजी को बुलावा भेजा।

जिस दिन ज्ञानेश देवजी आए उस दिन पूरे जेल को सजाया गया और उनका स्वागत भी किया गया। आनंद ने ज्ञानेश देवजी से निवेदन किया कि वे ध्यान सत्र की शुरुआत करें।

ज्ञानेश देवजी ने सभी कैदियों को मार्गदर्शन देते हुए कहा, 'इंसान की नज़र बाहर तो बड़ी जल्दी जाती है, बाहर चल रहे दृश्यों में उसे सही-गलत सब स्पष्ट नज़र भी आ जाता है लेकिन जब बात अपनी हो तो वह इसे देख ही नहीं पाता। वह अपने सभी प्रतिसाद मशीनी तरीके से देता रहता है, कभी रुककर सोचता ही नहीं कि जो किया वह क्यों किया, सही किया या गलत किया, उसकी जगह और क्या बेहतर कर

सकता था? जब वह स्वयं में गहराई से उतरता ही नहीं तो स्वयं के भीतर सत्य को खोजेगा कैसे? इसी आवश्यकता को ध्यान में रखते हुए यह ध्यान हम करनेवाले हैं, जिसे ''अंतरावलोकन ध्यान'' नाम दिया गया है।

अंतरावलोकन (इंट्रोस्पेक्शन) का अर्थ है, अपने भीतर झाँककर अवलोकन करना यानी देखना। इसे आत्मनिरीक्षण या आत्ममंथन भी कहा जा सकता है। इस ध्यान में आँखें बंद करने की आवश्यकता नहीं है, यह खुली आँखों से भी किया जा सकता है।

अंतरावलोकन करते हुए पूरी ईमानदारी बरतनी है क्योंकि यह आप अपने लिए कर रहे हैं, किसी और को दिखाने के लिए नहीं। खुद से ईमानदार नहीं रहेंगे तो बात की गहराई में नहीं जा पाएँगे, फिर कोई लाभ नहीं होगा, अतः कपटमुक्त होकर पूरी सच्चाई के साथ यह ध्यान करें। इस ध्यान के दो चरण हैं। आइए, पहले पहला चरण समझते हैं।

मान लीजिए, अभी आप बैठे हैं तो जो भी समय है, उसके २४ घंटे पीछे याददाश्त को लेकर जाएँ। उदाहरण के लिए जैसे इस वक्त दोपहर का समय है तो याद करें कि कल दोपहर ठीक इसी समय आप कहाँ पर थे, वहाँ क्या कर रहे थे? फिर आपने क्या किया? क्या सुना? किसी को क्या कहा? खाना खाया, लेट गए, बातचीत की। वह सब करते-करते रात को सो गए और फिर सुबह आप उठे मगर कुछ समय वापस सो गए। जो भी हुआ, उस एक-एक दृश्य को अपने मस्तिष्क पटल पर चलचित्र की भाँति देख लें। कहने का अर्थ है कि हर छोटी-बड़ी बात जो सामने आ रही है, उसे देखते जाएँ।

इस तरह अंतरावलोकन करने पर आपको दिखेगा कि जो भी हुआ, उसमें कुछ पॉजिटिव था और कुछ निगेटिव। आपने कहीं बेकार की गलतियाँ कीं। जैसे कोई झगड़ा इसलिए बढ़ा क्योंकि आपने तुरंत जवाब दे दिया, जबकि वहाँ कुछ बोलने की आवश्यकता ही नहीं थी। नहीं बोलते तो वह काम भी होता और झगड़ा भी न होता।

इस ध्यान विधि में महत्वपूर्ण यह है कि जो भी पिछले २४ घंटे की घटनाएँ घटीं, आप उनको साक्षीभाव से देखकर यह समझ पाए कि किस स्थिति में आपसे ऑटोमैटिकली कैसा प्रतिसाद निकलता है। वह सही होता है या गलत, वह भविष्य में आपको सहयोग करता है या आपके लिए समस्याएँ पैदा करता है, यह सब दिखना

महत्वपूर्ण है।

इस ध्यान से आपकी आंतरिक जागरुकता बढ़ेगी। आपको अपने ऐक्शन दिखाई देने लगेंगे। अभी तो आप पूर्व में जाकर देख रहे हैं, फिर आपको वर्तमान में ही अपने सभी सही-गलत कार्य उसी क्षण नज़र आने लगेंगे और आप उन्हें समय रहते सुधार पाएँगे। इससे आपका होश बढ़ेगा, बोनस में मेमरी भी बढ़ेगी। वरना तो इंसान का हर दिन पहले दिन का कॉपी-पेस्ट ही हो रहा है। बिना जागरूकता के वह अपनी वृत्तियों, संस्कारों के वशीभूत हुआ, किसी मशीन की तरह ऑटोमैटिक मोड में जीए जा रहा है। मगर जिन्हें वापस ज़िंदा जागरुक इंसान बनना है, उन्हें अंतरावलोकन ध्यान करना अनिवार्य है।'

जैसे-जैसे बताया गया, सभी कैदियों ने ठीक वैसे ध्यान किया। ज्ञानेश देवजी ने कुछ समय रुककर फिर ध्यान का दूसरा चरण समझाया, 'अंतरावलोकन ध्यान के दूसरे चरण में आपको साक्षी बनना है। अपने भीतर झाँककर देखें कि आपको किन-किन बातों पर क्रोध आता है। जब भी क्रोध आता है तो समझिए आपके किसी ना किसी इच्छा में रुकावट या ठेंस पहुँची है। अतः अलग-अलग परिस्थितियों में देखें कि जब-जब आपने क्रोध किया तब आपकी कौन सी इच्छा को ठेंस पहुँची या सामनेवाले को गुस्सा आया तो आपने उसकी कौन सी इच्छा को ठेंस पहुँचाई।

इस तरह से आपको अपनी इच्छा और क्रोध के बीच का कनेक्शन देखने को मिलेगा। जब भी क्रोध के पीछे कोई इच्छा सामने आए तो स्वयं से पूछें, 'क्या मैं उस इच्छा को छोड़ सकता था? यदि मैं उस इच्छा से चिपकता नहीं तो क्या मुझे क्रोध आना संभव था?' इस तरह से आत्म-अवलोकन के साथ आप मनन भी कर सकते हैं।

किस परिस्थिति में आपकी बुद्धि कैसे चलती है, कैसे निर्णय लेती है, जो आगे जाकर सही या गलत सिद्ध होते हैं, उनका अवलोकन करें। कब-कब बुद्धि पर ठेंस पहुँची यानी आपकी सोचने-समझने की शक्ति कम हो गई, आप सही निर्णय नहीं ले पाए, यह देखें।

साथ ही बाहरी इंद्रियों (नाक, कान, आँखें, स्वाद, ज़ुबान, त्वचा) की इच्छाओं पर जब ठेंस पहुँचती है तब क्या आता है? गुस्सा, डिप्रेशन, उतावलापन

जो भी आता है, उसे देखें। इंद्रियाँ आपको किन-किन बातों में उलझाती हैं, जो आगे जाकर समस्याएँ बनती हैं, इसको भी देखें। जैसे खाने-पीने में आपकी कोई कमज़ोरी हो, जिसको देखकर आपकी जुबान रुक नहीं पाती और आप ज़रूरत से ज़्यादा खा लेते हैं, जिसके कारण बाद में आपको स्वास्थ्य संबंधी समस्याओं का सामना करना पड़ता है या आपकी आँखें और कान मनोरंजन में ज़्यादा जाते हैं, जिस कारण आपका समय बरबाद होता है। इस तरह इंद्रियों और बुद्धि से जुड़ी बातों का, अपनी क्रियाओं का अवलोकन करें।

आपकी निराशा के पीछे कोई ना कोई मूल कारण अवश्य होता है। उस कारण को देखने का प्रयास करें। डिप्रेशन आता है तो क्यों आता है? उदा. बहुत ज्यादा जिम्मेदारियों की वजह से या मन मुताबिक काम न होने से डिप्रेशन आता है। किसी को देखकर या न देखकर डिप्रेशन आता है। लोगों की कुछ बातों से, किसी ताने, निंदा या आलोचना से डिप्रेशन आता है। दूसरों की सफलता देखकर डिप्रेशन आता है, अपनी ही किसी सोच से या कुछ पुरानी यादों में उलझने से डिप्रेशन आता है। डिप्रेशन के पीछे मूल वजह क्या रहती है, उन सब कारणों को देखने का प्रयास करें।

यह भी देखिए, आपके अहंकार को कब-कब ठेंस पहुँची। उदा. सामनेवाले ने कुछ ऐसा बोला, जिससे आपको बुरा लगा, उसने आपको देखकर मुँह मोड़ लिया तो बुरा लगा, जान पहचान का होते हुए भी आपको देखकर हाय-हॅलो नहीं कहा, नमस्ते नहीं की तो बुरा लगा। बुरा लगने की घटनाओं में आप देखेंगे कहीं ना कहीं आपके अहंकार को ठेंस पहुँची है। यह भी देखें कि आपकी वजह से सामनेवाले के अहंकार पर कब-कब प्रहार हुआ। जैसे आपने किसी को कोई ताना मारा या कड़वे शब्द कहे। ऐसी सभी घटनाओं का अवलोकन करें।

आपको फ्यूचर से जुड़ी धारणाओं, विचारों, मेमरी को देखना है। आपके भीतर भविष्य के बारे में क्या-क्या अच्छे-बुरे विचार चलते हैं, उनको देखें। कितना समय आप भविष्य के बारे में सोचते हैं, कब-कब लगता है कि भविष्य सुरक्षित नहीं है, भविष्य में समस्याएँ आ सकती हैं। भविष्य से जुड़ी अपनी मान्यकथाओं, डरों, संशयों, योजनाओं आदि का अवलोकन करें।

आपके लालच पर कब ठेंस पहुँचती है या सामनेवाले के लालच पर आप

कब ठेंस पहुँचाते हैं। जैसे आपमें किसी वस्तु को पाने की लालच जगी मगर वह सामनेवाले की वजह से आपको नहीं मिल पाई या वह आपके पास थी और किसी कारण से आपको उसे छोड़ना पड़ा तो क्या हुआ, आपके भीतर कैसी-कैसी भावनाएँ उठीं, क्या-क्या विचार चले? ये सब देखें।

आपको अपने भीतर छिपे नफरत के भाव का अवलोकन करना है। किन लोगों के लिए, किन बातों, स्थान, चीज़ों, वस्तुओं आदि के लिए आपके मन में नफरत है। उन सबको प्रकाश में लाएँ। उस नफरत के मूल कारण को खोजने का प्रयास करें। ऐसा क्या होता है, जो किसी के प्रति आपके मन में नफरत पनपती है, आप उनके बारे में क्या स्वीकार नहीं कर पाते हैं, ये सब देखें।

अंतरावलोकन ध्यान की जब लगातार प्रैक्टिस होगी तो धीरे-धीरे इतनी जागृति बढ़ेगी, होश बढ़ेगा कि घटना के दौरान ही आप स्वयं को साक्षी भाव से देख पाएँगे। आप जान पाएँगे कि 'कौन सी इच्छा को वतर्मान में ठेंस पहुँची, जिससे क्रोध के भाव उठ रहे हैं। इस वक्त अहंकार पर प्रहार हुआ है, जिससे बुरा लग रहा है या इंद्रियाँ आसक्ति में जा रही हैं। मैं किस इच्छा से चिपक रहा हूँ, भीतर क्या चल रहा है, किसके प्रति क्या भावनाएँ उठ रही हैं, नफरत उठ रही है या प्रेम बढ़ रहा है', आदि जो कुछ भी है, वह आपको वर्तमान में ही होते हुए दिखेगा। उसको बैकडेट में (पीछे) जाकर याद करने की ज़रूरत नहीं पड़ेगी। घटनाओं के चलते हुए ही आप उनके साक्षी बन पाएँगे। ऐसा करने से आपकी बेहोशी टूटेगी, आप मुक्ति की ओर तेज़ी से बढेंगे।'

ज्ञानेश देवजी ने जो ध्यान करवाया, उससे कई कैदियों की आँखों में आँसू थे, जो निरंतर बह रहे थे। ऐसा लग रहा था कि जेल में भावनाओं का सैलाब आ गया है। हर कोई अपना अवलोकन कर पा रहा था। और अपना अनुभव सबके साथ बाँट पा रहा था। आनंद ने भी आत्मअवलोकन ध्यान का पूरा लाभ लिया।

ध्यान सत्र समाप्त हुआ और ज्ञानेश देवजी ने जाते वक्त आनंद के सिर पर हाथ रखते हुए कहा, 'बहुत अच्छा कार्य कर रहे हो आनंद। मेरा आशीर्वाद सदा तुम्हारे साथ है। मैं इस ध्यान की पुस्तिकाएँ भी लाया हूँ। तुम सभी मैं बाँट देना।'

आनंद ने खुशी-खुशी ज्ञानेश देवजी को विदा किया और सभी कैदियों में पुस्तकें बाँटी।

दूर खड़ा मल्होत्रा भी यह सब देख रहा था। आनंद के प्रति उसका मन भी बदल रहा था। उसने कैदियों में जो बदलाव देखे थे, वे कभी अपने पूरे करियर में नहीं देखे। उसे आश्चर्य था कि कैदी भी बदल सकते हैं।

उसने आनंद को बुलाकर बातचीत की, 'लगता है कैदियों की अच्छी ट्रेनिंग चल रही है।'

'ट्रेनिंग नहीं मल्होत्रा जी, ये **परिवर्तन** है। मैं काफी समय से चाहता था कि कैदियों के लिए कुछ करूँ। भगवान ने मुझे स्वयं मौका दे दिया।'

'आनंद मैं देख रहा हूँ कि कैसे तुम सभी की मदद कर रहे हो। मैं कोशिश करूँगा कि जल्द से जल्द तुम्हें जेल से मुक्त कर दूँ', मल्होत्रा ने कहा।

'मल्होत्रा जी, मेरा मकसद कैदियों के जीवन को बदलना है। यदि आप इस कार्य में मेरी मदद कर पाएँ तो मुझे और भी खुशी होगी', आनंद ने कहा।

'हाँ क्यों नहीं! बताओ मैं तुम्हारी क्या मदद कर सकता हूँ?' मल्होत्रा ने पूछा।

'मैं इस जेल से मुक्त तो हो जाऊँगा पर मैं चाहता हूँ कि हफ्ते के पाँच दिन मैं यहाँ आऊँ और कैदियों से बातचीत करूँ। साथ ही मैं यह भी चाहता हूँ कि यहाँ ध्यान सत्र सदा आयोजित होते रहें, कभी बंद न हों। यह केवल इस जेल में नहीं बल्कि हर जेल में होना चाहिए। क्या आप इसमें मेरी मदद कर सकते हैं?'

मल्होत्रा थोड़ी देर सोच में पड़ गया, 'एक तरीका है। हमारे जेल में एक रेडियो चैनल है। तुम उस पर एक शो चलाओ, 'जेल में नव संसार'। इस शो के ज़रिए तुम अपनी बात सभी जेलों में बैठे कैदियों तक पहुँचा सकते हो। साथ ही इस कार्यक्रम पर तुम ध्यान सत्र भी चला सकते हो। तुम्हारे जाने के बाद भी हम ये कार्यक्रम दोहरा सकते हैं।'

'मल्होत्रा जी, आपने तो मेरी समस्या चुटकियों में सुलझा दी। मैं ज़रूर ऐसा ही करूँगा', आनंद ने खुशी से भावुक होते हुए कहा।

अध्याय बारह

अशांति से मुक्ति

आज आनंद की रिहाई का दिन था। अपनी पूरी सज़ा काटकर वह बाहर आने जा रहा था। उसका मित्र विवेक अपने परिवार के साथ आ चुका था। आनंद ने उसे देखते ही पूछा, 'लक्ष्मी कहाँ है?'

विवेक ने खुशी से आनंद को बताया, '१ घंटे पहले ही तुम्हें बेटा हुआ है। भाभीजी हॉस्पिटल में हैं। यहाँ से सीधे वहीं चलेंगे।'

यह खबर सुनकर आनंद बहुत खुश हुआ और मन ही मन कहने लगा, 'कान्हा आ गए, अपने पिता को जेल से मुक्त कराने।' यह कहते ही उसकी आँखें नम हो गईं और मन कृतज्ञता से भर उठा। उसने विवेक को गले लगा लिया।

हॉस्पिटल जाते ही आनंद की पत्नी ने नन्हा बालक आनंद के हाथों में दिया और कहा, 'लीजिए अपने कान्हा को। आपका कहा सच हुआ। भगवान ने आपको अपने पुराने जीवन से मुक्त कर दिया। अब नए जीवन में आपका स्वागत है।'

आनंद ने सही मायनों में अपने जीवन का अर्थ तलाश लिया था। वह जेल के कैदियों से मिलने जाता रहा क्योंकि उसके जीवन में **परिवर्तन** का सिलसिला वहीं से प्रारंभ हुआ था। वहीं से वह अपने जीवन के अर्थ को तलाशने लगा था।

अब वह कैदियों को अच्छे जीवन की शिक्षा देने लगा और इस प्रकार के अनेक शहरों की जेलों में नव संसार (अपराध को रचनात्मक दिशा देकर विकास निर्माण) कार्य करने लगा।

कारागार के अधिकारीगण भी उसके जीवन को लोगों के सामने एक उदाहरण के रूप में प्रस्तुत करने लगे। जीवन में कुछ भी संभव है – आनंद इसका जीता

जागता उदाहरण बन चुका था। वह एक प्रेरक था। वह मानव-जीवन के कल्याण को ही अपना धर्म मानने लगा था और उसने अपना जीवन मानव-कल्याण को पूर्णत: समर्पित कर दिया था। सबसे बड़ी बात थी कि उसने अपने किसी भी प्रेरक को कभी भी भुलाया नहीं था। अपने गुरुओं को हमेशा सम्मान दिया करता था और सब उनकी कृपा ही बताता था।

आनंदित जीवन की तलाश सबको रहती है परंतु उसे पाने का प्रयास बहुत कम लोग करते हैं। ईश्वर भी उसी की मदद करता है, जो प्रयास करता है। यह पुस्तक पढ़ना आपका प्रयास था, एक ऐसे जीवन की ओर जिसमें आप सदा आनंदित रह सकते हैं।

यह पुस्तक का अंतिम अध्याय अवश्य है परंतु आपके महाआनंदित जीवन का पहला अध्याय है। आनंद के जीवन को अर्थ मिल चुका है। उसकी तलाश समाप्त हुई है। अब आपकी बारी है! जीवन रूपी अपने पुस्तक में ऐसे अध्याय जोड़ते रहें, जिससे आपके जीवन का अर्थ सार्थक हो!

यह पुस्तक पढ़ने के बाद आप अपना अभिप्राय (विचार सेवा) इस पते पर भेज सकते हैं ... Tejgyan Global Foundation, Pimpri Colony Post office, P.O. Box 25, Pune - 411 017. Maharashtra (India).

परिशिष्ट

सरश्री अल्प परिचय

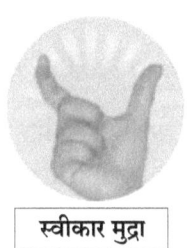

स्वीकार मुद्रा

सरश्री की आध्यात्मिक खोज का सफर उनके बचपन से प्रारंभ हो गया था। इस खोज के दौरान उन्होंने अनेक प्रकार की पुस्तकों का अध्ययन किया। अपने आध्यात्मिक अनुसंधान के दौरान उन्होंने लगभग सभी ध्यान पद्धतियों का भी अभ्यास किया। उनकी इसी खोज ने उन्हें कई वैचारिक और शैक्षणिक संस्थानों की ओर बढ़ाया। जीवन का रहस्य समझने के लिए उन्होंने **एक लंबी अवधि तक मनन करते हुए अपनी खोज जारी रखी, जिसके अंत में उन्हें आत्मबोध प्राप्त हुआ।** आत्मसाक्षात्कार के बाद उन्होंने जाना कि **अध्यात्म का हर मार्ग जिस कड़ी से जुड़ा है वह है- समझ (अंडरस्टैण्डिंग)।** उसके बाद उन्होंने अपने तत्कालीन अध्यापन कार्य को विराम लगाते हुए, लगभग दो दशकों से भी अधिक समय अपना समस्त जीवन मानवजाति के कल्याण और उसके आध्यात्मिक विकास हेतु अर्पण किया है।

सरश्री कहते हैं, 'सत्य के सभी मार्गों की शुरुआत अलग-अलग प्रकार से होती है लेकिन सभी के अंत में एक ही समझ प्राप्त होती है। **'समझ' ही सब कुछ है और यह 'समझ' अपने आपमें पूर्ण है।** आध्यात्मिक ज्ञान प्राप्ति के लिए इस 'समझ' का श्रवण ही पर्याप्त है।' इसी समझ को उजागर करने के लिए उन्होंने आज तक **तीन हज़ार से अधिक आध्यात्मिक विषयों पर प्रवचन दिए हैं,** जिनके द्वारा वे अध्यात्म

की गहरी संकल्पनाएँ सीधे और व्यावहारिक रूप में समझाते हैं। समाज के हर स्तर का इंसान सरश्री द्वारा बताई जा रही समझ का लाभ ले सकता है।

यह समझ हरेक को अपने अनुभव से प्राप्त हो इसलिए सरश्री ने '**महाआसमानी परम ज्ञान शिविर**' और उसके लिए आवश्यक कार्यप्रणाली (सिस्टम) की रचना की है, **जिसका लाभ लाखों खोजी ले रहे हैं।** यह व्यवस्था आय.एस.ओ. (ISO 9001:2015) प्रमाणित है, जिसने अनेक लोगों को सत्य की राह पर चलने की प्रेरणा दी है। इसी समझ के प्रचार और प्रसार के लिए उन्होंने 'तेजज्ञान फाउण्डेशन' नामक आध्यात्मिक संस्था की नींव रखी है। इस संस्था का मुख्य उद्‌देश्य है- **'हॅपी थॉट्स द्वारा उच्चतम विकसित समाज का निर्माण'**।

विश्व का हर इंसान आज सरश्री के मार्गदर्शन का लाभ ले सकता है, जिसके लिए किसी भी धर्म, जाति, उपजाति, वर्ण, पंथ, रंग या लिंग का बंधन नहीं है। विश्व के हर कोने में बसे लोग आज तेजज्ञान की इस अनूठी ज्ञान प्रणाली (System for Wisdom) का लाभ ले रहे हैं। इस व्यवस्था के एक हिस्से के रूप में **लाखों लोग रोज़ सुबह और रात को ९ बजकर ९ मिनट पर विश्व शांति के लिए प्रार्थना करते हैं।**

सरश्री को **बेस्टसेलर पुस्तक 'विचार नियम' श्रृंखला के रचनाकार** के रूप में भी जाना जाता है, जिसकी **१ करोड़ से ज़्यादा प्रतियाँ केवल ५ सालों** में वितरित हो चुकी हैं। इसके अलावा उन्होंने विविध विषयों पर **१५० से अधिक पुस्तकों का लेखन** किया है, जिनमें से 'विचार नियम', 'स्वसंवाद का जादू', 'स्वयं का सामना', 'स्वीकार का जादू', 'निर्णय और ज़िम्मेदारी', 'निःशब्द संवाद का जादू', 'संपूर्ण ध्यान' आदि पुस्तकें बेस्टसेलर बन चुकी हैं। ये पुस्तकें दस से अधिक भाषाओं में अनुवादित की जा चुकी हैं और प्रमुख प्रकाशकों द्वारा प्रकाशित की गई हैं, जैसे पेंगुइन बुक्स, जैको बुक्स, मंजुल पब्लिशिंग हाऊस, प्रभात प्रकाशन, राजपाल ऍण्ड सन्स, पेंटागॉन प्रेस, सकाळ प्रकाशन इत्यादि।

तेजज्ञान फाउण्डेशन – परिचय

तेजज्ञान फाउण्डेशन आत्मविकास से आत्मसाक्षात्कार प्राप्त करने का एक रास्ता है। इसके लिए सरश्री द्वारा एक अनूठी बोध पद्धति (System for Wisdom) का सृजन हुआ है। इस पद्धति को अन्तर्राष्ट्रीय मानक ISO 9001:2015 के आवश्यकताओं एवं निर्देशों के अनुरूप ढालकर सरल, व्यावहारिक एवं प्रभावी बनाया गया है।

इस संस्था की बोध पद्धति के विभिन्न पहलुओं (शिक्षण, निरीक्षण व गुणवत्ता) को स्वतंत्र गुणवत्ता परीक्षकों (Quality Auditors) द्वारा क्रमबद्ध तरीके से जाँचा गया। जिसके बाद इन पहलुओं को ISO 9001:2015 के अनुरूप पाकर, इस बोध पद्धति को प्रमाणित किया गया है।

फाउण्डेशन का लक्ष्य आपको नकारात्मक विचार से सकारात्मक विचार की ओर बढ़ाना है। सकारात्मक विचार से शुभ विचार यानी हॅपी थॉट्स (विधायक आनंदपूर्ण विचार) और शुभ विचार से निर्विचार की ओर बढ़ा जा सकता है। निर्विचार से ही आत्मसाक्षात्कार संभव है। शुभ विचार (Happy Thoughts) यानी यह विचार कि 'मैं हर विचार से मुक्त हो जाऊँ।' शुभ इच्छा यानी यह इच्छा कि 'मैं हर इच्छा से मुक्त हो जाऊँ।'

ज्ञान का अर्थ है सामान्य ज्ञान लेकिन तेजज्ञान यानी वह ज्ञान जो ज्ञान व अज्ञान के परे है। कई लोग सामान्य ज्ञान की जानकारी को ही ज्ञान समझ लेते हैं लेकिन असली ज्ञान और जानकारी में बहुत अंतर है। आज लोग सामान्य ज्ञान के जवाबों को ज्यादा महत्त्व देते हैं। उदाहरण के तौर पर– कर्म और भाग्य, योग और प्राणायाम, स्वर्ग और नर्क इत्यादि। आज के युग में सामान्य ज्ञान प्रदान करनेवाले लोग और शिक्षक कई मिल जाएँगे मगर इस ज्ञान को पाकर जीवन में कोई बड़ा परिवर्तन नहीं होता। यह ज्ञान या तो केवल बुद्धि विलास है या फिर अध्यात्म के नाम पर बुद्धि का व्यायाम है।

सभी समस्याओं का समाधान है तेजज्ञान। भय से मुक्ति, चिंतारहित व क्रोध से आज़ाद जीवन है तेजज्ञान। शारीरिक, मानसिक, सामाजिक, आर्थिक और आध्यात्मिक उन्नति के लिए है तेजज्ञान। तेजज्ञान आपके अंदर है, आएँ और इसे पाएँ।

यदि आप ऐसा ज्ञान चाहते हैं, जो सामान्य ज्ञान के परे हो, जो हर समस्या का समाधान हो, जो सभी मान्यताओं से आपको मुक्त करे, जो आपको ईश्वर का साक्षात्कार कराए, जो आपको सत्य पर स्थापित करे तो समय आ गया है तेजज्ञान को जानने का। समय आ गया है शब्दोंवाले सामान्य ज्ञान से उठकर तेजज्ञान का अनुभव करने का।

महाआसमानी परम ज्ञान शिविर परिचय और लाभ (निवासी)

क्या आपको उच्चतम आनंद पाने की इच्छा है? ऐसा आनंद, जो किसी कारण पर निर्भर नहीं है, जिसमें समय के साथ केवल बढ़ोतरी ही होती है। क्या आप इसी जीवन

में प्रेम, विश्वास, शांति, समृद्धि और परमसंतुष्टि पाना चाहते हैं? क्या आप शारीरिक, मानसिक, सामाजिक, आर्थिक और आध्यात्मिक इन सभी स्तरों पर सफलता हासिल करना चाहते हैं? क्या आप 'मैं कौन हूँ' इस सवाल का जवाब अनुभव से जानना चाहते हैं।

यदि आपके अंदर इन सवालों के जवाब जानने की और 'अंतिम सत्य' प्राप्त करने की प्यास जगी है तो तेजज्ञान फाउण्डेशन द्वारा आयोजित 'महाआसमानी शिविर' में आपका स्वागत है। यह शिविर पूर्णतः सरश्री की शिक्षाओं पर आधारित है। सरश्री आज के युग के आध्यात्मिक गुरु और 'तेजज्ञान फाउण्डेशन' के संस्थापक हैं, जो अत्यंत सरलता से आज की लोकभाषा में आध्यात्मिक समझ प्रदान करते हैं।

महाआसमानी शिविर का उद्‌देश्य :

इस शिविर का उद्‌देश्य है, 'विश्व का हर इंसान 'मैं कौन हूँ' इस सवाल का जवाब जानकर सर्वोच्च आनंद में स्थापित हो जाए।' उसे ऐसा ज्ञान मिले, जिससे वह हर पल वर्तमान में जीने की कला प्राप्त करे। भूतकाल का बोझ और भविष्य की चिंता इन दोनों से वह मुक्त हो जाए। हर इंसान के जीवन में स्थायी खुशी, सही समझ और समस्याओं को विलीन करने की कला आ जाए। मनुष्य जीवन का उद्‌देश्य पूर्ण हो।

'मैं कौन हूँ? मैं यहाँ क्यों हूँ? मोक्ष का अर्थ क्या है? क्या इसी जन्म में मोक्ष प्राप्ति संभव है?' यदि ये सवाल आपके अंदर हैं तो महाआसमानी शिविर इसका जवाब है।

महाआसमानी परम ज्ञान शिविर के मुख्य लाभ :

इस शिविर के लाभ तो अनगिनत हैं मगर कुछ मुख्य लाभ इस प्रकार हैं...

* जीवन में दमदार लक्ष्य प्राप्त होता है। * 'मैं कौन हूँ' यह अनुभव से जानना (सेल्फ रियलाइजेशन) होता है। * मन के सभी विकार विलीन होते हैं। * भय, चिंता, क्रोध, बोरडम, मोह, तनाव जैसी कई नकारात्मक बातों से मुक्ति मिलती है। * प्रेम, आनंद, मौन, समृद्धि, संतुष्टि, विश्वास जैसे कई दिव्य गुणों से युक्ति होती है। * सीधा, सरल और शक्तिशाली जीवन प्राप्त होता है। * हर समस्या का समाधान प्राप्त करने की कला मिलती है। * 'हर पल वर्तमान में जीना' यह आपका स्वभाव बन जाता है। * आपके अंदर छिपी सभी संभावनाएँ खुल जाती हैं। * इसी जीवन में मोक्ष (मुक्ति) प्राप्त होता है।

महाआसमानी परम ज्ञान शिविर में भाग कैसे लें?

इस शिविर में भाग लेने के लिए आपको कुछ खास माँगें पूरी करनी होती हैं। जैसे - १) आपकी उम्र कम से कम अठारह साल या उससे ऊपर होनी चाहिए। २) आपको सत्य स्थापना शिविर (फाउण्डेशन ट्रुथ रिट्रीट) में भाग लेना होगा, जहाँ आप सीखेंगे- वर्तमान के हर पल को कैसे जीया जाए और निर्विचार दशा में कैसे प्रवेश पाएँ। ३) आपको कुछ प्राथमिक प्रवचनों में उपस्थित होना है, जहाँ आप बुनियादी समझ आत्मसात कर, महाआसमानी शिविर के लिए तैयार होते हैं।

यह शिविर साल में पाँच या छह बार आयोजित होता है, जिसका लाभ हज़ारों

खोजी उठाते हैं। इस शिविर की तैयारी आगे दिए गए स्थानों पर कराई जाती है। पुणे, मुंबई, दिल्ली, सांगली, सातारा, जलगाँव, अहमदाबाद, कोल्हापुर, नासिक, अहमदनगर, औरंगाबाद, सूरत, बरोडा, नागपुर, भोपाल, रायपुर, चेन्नई, वर्धा, अमरावती, चंद्रपुर, यवतमाल, रत्नागिरी, लातूर, बीड, नांदेड, परभणी, पनवेल, ठाणे, सोलापुर, पंढरपुर, अकोला, बुलढाणा, धुले, भुसावल, बैंगलोर, बेलगाम, धारवाड, भुवनेश्वर, कोलकत्ता, राँची, लखनऊ, कानपुर, चंदीगढ़, जयपुर, पणजी, म्हापसा, इंदौर, इटारसी, हरदा, विदिशा, बुरहानपुर।

आप महाआसमानी की तैयारी फाउण्डेशन में उपलब्ध सरश्री द्वारा रचित पुस्तकें पढ़कर कर सकते हैं। इसके अलावा आप रेडियो और यू ट्यूब पर सरश्री के प्रवचनों का लाभ भी ले सकते हैं मगर याद रहे, ये पुस्तकें, रेडियो और यू ट्यूब के प्रवचन शिविर का परिचय मात्र है, तेजज्ञान नहीं। आप महाआसमानी शिविर में भाग लेकर ही तेजज्ञान का आनंद ले सकते हैं। आगामी महाआसमानी शिविर में अपना स्थान आरक्षित करने के लिए संपर्क करें :**09921008060/75, 9011013208**

महाआसमानी परम ज्ञान शिविर स्थान

महाआसमानी महानिवासी शिविर 'मनन आश्रम' पर आयोजित किया जाता है। यह आश्रम पुणे शहर के बाहरी क्षेत्र में पहाड़ों और निसर्ग के असीम सौंदर्य के बीच बसा हुआ है। इस आश्रम में पुरुषों और महिलाओं के लिए अलग-अलग, कुल मिलाकर 700 से 800 लोगों के रहने की व्यवस्था है। यह आश्रम पुणे शहर से 17 किलो मीटर की दूरी पर है। हवाई अड्डा, हाइवे और रेल्वे से पुणे आसानी से आ-जा सकते हैं।

पुस्तकें प्राप्त करने के लिए नीचे दिए गए पते पर मनीऑर्डर द्वारा पुस्तक का मूल्य भेज सकते हैं। पुस्तकें रजिस्टर्ड, कुरियर अथवा वी.पी.पी. द्वारा भेजी जाती हैं।

पुस्तकों के लिए नीचे दिए गए पते पर संपर्क करें।

* WOW Publishings Pvt. Ltd. रजिस्टर्ड ऑफिस-E-4, वैभव नगर, तपोवन मंदिर के नज़दीक, पिंपरी, पुणे- 411017

* पोस्ट बॉक्स नं. 36, पिंपरी कॉलोनी पोस्ट ऑफिस, पिंपरी, पुणे - 411017

फोन नं.: 09011013210 / 9623457873

आप ऑन-लाइन शॉपिंग द्वारा भी पुस्तकों का ऑर्डर दे सकते हैं।

लॉग इन करें - www.gethappythoughts.org

500 रुपयों से अधिक पुस्तकें मँगवाने पर 10% की छूट और फ्री शिपिंग।

मनन आश्रम : सर्वे नं. ४३, सनस नगर, नांदोशी गांव, किरकटवाडी फाटा, तहसील - हवेली, जिला - पुणे - ४११ ०२४. फोन : 09921008060

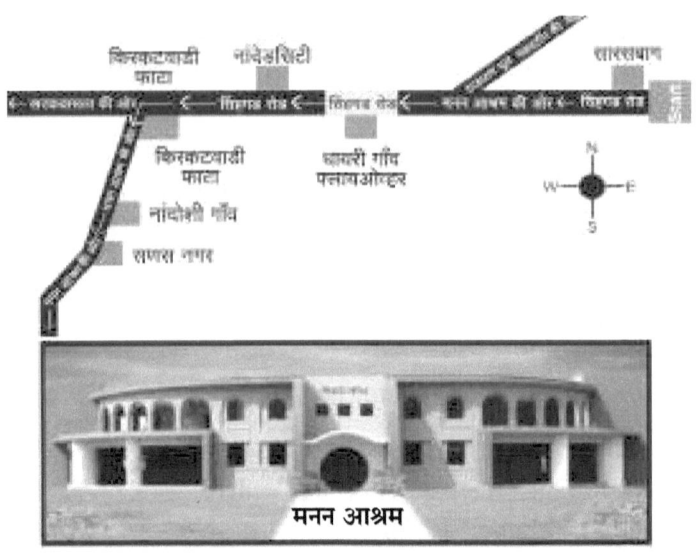

N
W
E

अब एक क्लिक पर ही शिविर का रजिस्ट्रेशन !

तेजज्ञान फाउण्डेशन की इन शिविरों के लिए
अब आप ऑनलाईन रजिस्ट्रेशन भी कर सकते हैं-

* महाआसमानी परम ज्ञान शिविर (पाँच दिवसीय निवासी शिविर)
* मैजिक ऑफ अवेकनिंग (केवल अंग्रेजी भाषा जाननेवालों के लिए तीन दिवसीय निवासी शिविर)
* मिनी महाआसमानी (निवासी) शिविर, युवाओं के लिए

रजिस्ट्रेशन के लिए आज ही लॉग इन करें

www.tejgyan.org

आप कौन सी पुस्तकें पढ़ें

सभी के लिए
- संपूर्ण लक्ष्य • प्रार्थना बीज
- विचार नियम - पावर ऑफ हॅपी थॉट्स
- विकास नियम - आत्मविकास द्वारा संतुष्टि पाने का राज़
- इमोशन्स पर जीत
- सुनहरा नियम - रिश्तों में नई सुगंध
- दु:ख में खुश क्यों और कैसे रहें
- विश्वास नियम-सर्वोच्च शक्ति के सात नियम
- स्वीकार का जादू
- स्वसंवाद का जादू
- स्वयं का सामना
- खुशी का रहस्य
- वार्तालाप का जादू - कम्युनिकेशन के बेहतरीन तरीके
- समय नियोजन के नियम
- आत्मविश्वास सफलता का द्वार
- नींव नाइन्टी - नैतिक मूल्यों की संपत्ति
- बड़ों के लिए गर्भसंस्कार
- तनाव से मुक्ति
- धीरज का जादू
- रहस्य नियम-प्रेम, आनंद, ध्यान, समृद्धि और परमेश्वर प्राप्ति का मार्ग

वरिष्ठ नागरिकों के लिए
- ३ स्वास्थ्य वरदान
- स्वास्थ्य त्रिकोण • पृथ्वी लक्ष्य
- मृत्यु उपरांत जीवन
- जीवन की नई कहानी मृत्यु के बाद

सत्य के खोजियों के लिए
- ध्यान नियम - ध्यान योग नाइन्टी
- मौन नियम - स्वयं को जानने का निःशब्द उपाय
- ईश्वर ही है तुम कौन हो यह पता करो, पक्का करो
- ईश्वर से मुलाकात - तुम्हें जो लगे अच्छा, वही मेरी इच्छा
- मृत्यु का महासत्य - मृत्युंजय
- कर्मात्मा और कर्म का सिद्धांत
- प्रार्थना बीज
- निःशब्द संवाद का जादू
- पहेली रामायण
- आध्यात्मिक उपनिषद्
- शिष्य उपनिषद्
- वर्तमान का जादू
- The मन -कैसे बने मन-नमन, सुमन, अमन और अकंप
- संपूर्ण ध्यान - २२२ सवाल
- निराकार : कुल-मूल लक्ष्य
- सत् चित्त आनंद

व्यापारियों / कर्मचारियों के लिए
- विचार नियम - पॉवर ऑफ हॅपी थॉट्स
- हर तरह की नौकरी में खुश कैसे रहें
- ध्यान और धन • प्रार्थना बीज
- पैसा रास्ता है मंजिल नहीं
- तनाव से मुक्ति
- संपूर्ण सफलता का लक्ष्य

आप कौन सी पुस्तकें पढ़ें

विद्यार्थियों के लिए

- विचार नियम फॉर यूथ
- वार्तालाप का जादू - कम्युनिकेशन के बेहतरीन तरीके
- विकास नियम - आत्मविकास द्वारा संतुष्टि पाने का राज़
- नींव नाइन्टी - बेस्ट कैसे बनें
- संपूर्ण लक्ष्य - संपूर्ण विकास कैसे करें
- वचनबद्ध निर्णय और जिम्मेदारी
- आत्मविश्वास सफलता का द्वार
- संपूर्ण सफलता का लक्ष्य
- सन ऑफ बुद्धा फॉर यूथ
- रामायण फॉर टीन्स

महिलाओं के लिए

- आत्मनिर्भर कैसे बनें
- स्वसंवाद का जादू
- बड़ों के लिए गर्भसंस्कार
- स्वास्थ्य त्रिकोण
- इमोशन्स पर जीत

अभिभावकों (Parents) के लिए

- बच्चों का संपूर्ण विकास कैसे करें
- सुनहरा नियम - रिश्तों में नई सुगंध
- रिश्तों में नई रोशनी
- वार्तालाप का जादू - कम्युनिकेशन के बेहतरीन तरीके

स्वास्थ्य के लिए

- स्वास्थ्य त्रिकोण
- ३ स्वास्थ्य वरदान
- B.F.T. बॅच फ्लॉवर थेरेपी
- स्वास्थ्य के लिए विचार नियम

महापुरुषों की जीवनी

- भक्ति का हिमालय - The मीरा
- सद्गुरु नानक - साधना रहस्य और जीवन चरित्र
- भगवान बुद्ध
- भगवान महावीर - मन पर विजय प्राप्त करने का मार्ग
- दो महान अवतार - श्रीराम और श्रीकृष्ण
- रामायण - वनवास रहस्य
- बाहुबली हनुमान
- जीज़स - आत्मबलिदान का मसीहा
- स्वामी विवेकानंद
- रामकृष्ण परमहंस
- संत तुकाराम
- संत ज्ञानेश्वर
- झीनी झीनी रे बीनी पृथ्वी चदरिया - आओ मिलें संत कबीर से

– तेजज्ञान इंटरनेट रेडियो –

२४ घंटे और ३६५ दिन सरश्री के प्रवचन और
भजनों का लाभ लें,
तेजज्ञान इंटरनेट रेडियो द्वारा। देखें लिंक
http://www.tejgyan.org/internetradio.aspx

हर रविवार सुबह १०.०५ से १०.१५ तक रेडियो
विविध भारती, एफ. एम. पुणे पर 'हॅपी थॉट्स कार्यक्रम'

www.youtube.com/tejgyan
पर भी सरश्री के प्रवचनों का लाभ ले सकते हैं।
For online shoping visit us - www.tejgyan.org,
www.gethappythoughts.org

तेजज्ञान फाउण्डेशन – मुख्य शाखाएँ

पुणे (रजिस्टर्ड ऑफिस)
विक्रांत कॉम्प्लेक्स, तपोवन मंदिर के नज़दीक,
पिंपरी, पुणे-४११ ०१७. फोन : 020-27411240, 27412576

मनन आश्रम
सर्वे नं. ४३, सनस नगर, नांदोशी गाँव, किरकटवाडी फाटा,
तहसील- हवेली, जिला- पुणे - ४११ ०२४.
फोन : 09921008060

e-books - •The Source •Complete Meditation •Ultimate Purpose of Success •Enlightenment •Inner Magic •Celebrating Relationships •Essence of Devotion •Master of Siddhartha •Self Encounter, and many more.
Also available in Hindi at www. gethappythoughts.org

Free apps - U R Meditation & Tejgyan Internet Radio on all platforms like Android, iPhone, iPad and Amazon

e-magazines - 'Yogya Aarogya' & 'Drushtilakshya' emagazines available on www.magzter.com

e-mail - mail@tejgyan.com

website - www.tejgyan.org, www.gethappythoughts.org

- विश्व शांति प्रार्थना -

'पृथ्वी पर सफेद रोशनी (दिव्य शक्ति) आ रही है।
पृथ्वी से सुनहरी रोशनी (चेतना) उभर रही है।
विश्व से सारी नकारात्मकता दूर हो रही है।
सभी प्रेम, आनंद और शांति के लिए
खुल रहे हैं, खिल रहे हैं।'

यह 'सामूहिक अव्यक्तिगत प्रार्थना' तेजज्ञान फाउण्डेशन के सदस्य पिछले कई सालों से निरंतरता से कर रहे हैं। खुश लोग यह प्रार्थना कर सकते हैं और बीमार, दुःखी लोग उस वक्त एक जगह बैठकर इस प्रार्थना को ग्रहण कर स्वास्थ्य लाभ पा सकते हैं।

यदि इस वक्त आप परेशान या बीमार हैं तो रोज़ सुबह या रात 9:09 को केवल ग्रहणशील होकर इस भाव से बैठें कि 'स्वास्थ्य और शांति की सफेद रोशनी जो इस वक्त प्रार्थना में बैठे कई लोगों द्वारा नीचे पृथ्वी पर उतर रही है, वह मुझमें भी अपना कार्य कर रही है। मैं स्वस्थ और शांत हो रहा हूँ।' कुछ देर इस भाव में रहकर आप सबको धन्यवाद देकर उठें।

www.ingramcontent.com/pod-product-compliance
Lightning Source LLC
LaVergne TN
LVHW040155080526
838202LV00042B/3173
* 9 7 8 8 1 9 4 4 6 7 5 4 0 *